河出文庫

みだら英泉

皆川博子

河出書房新社

目次

目次・扉デザイン　柳川貴代（Fragment）

みだら英泉

1

小舟の胴の間に仰(あお)のいて寝ころがっている。

眼(ま)の上に夜空が蒼黒い。

雨粒が薄い瞼(まぶた)を打った。

続いて降ってくるかと思ったが、それきり止(や)んだ。波の雫(しずく)が散ったのか。

流れに舟をゆだねている。

危いなと思う分別は残っているが、身を起こして櫓(ろ)をあやつるには、酒の酔いが深すぎた。

このまま、いつとなくからだが消えてゆくのなら、こんな楽なことはない、と、酔い痴(し)れた頭が思っている。

深川の女郎屋で妓(こども)を抱き寝していたのだが、ふと小用に起きた。妓は眠りこけていた。

食べ散らした台のものが畳の上に乱れ、廊下にも懸盤(かけばん)や杯台、瓜(うり)の皮やら折れた杉箸(すぎばし)、脱ぎ散らされた上草履が投げ出され、小便所に行ったら、吐物が床を濡らしていた。

これで、朝の光で妓を見たら、昨夜(ゆうべ)の西施(せいし)は今朝の無塩(ぶえん)、鼻のうす痘瘡(いも)、えりの疵(きず)、さぞ興醒(きょうざ)めることだろう。徳利(とっくり)に残った冷えたやつを丼の蓋(ふた)に集めて一気に飲み、「帰るぜ」遣手(やりて)に声をかけ、「おや、船頭さんのお迎えはまだ」「なに、いらねえ、いらねえ」

もやってある小舟に乗り、纜（ともづな）を解いたのだった。

竿（さお）でとんと岸をついて、初手はぎしぎしと櫓を押してみもしたが、大川に出たころは、舟底に軀（からだ）を投げ出していた。


……………


頭を蹴られたような気がした。怒鳴りつけられ、何か喚（わめ）きかえしたような気もするのだが、そのまま、また睡（ねむ）りにひきこまれた。

夢の中で、彼は泳いでいた。汐（しお）の香につつまれ、下帯（したおび）一つの裸で抜手（ぬきて）を切る。夜の海であった。

息苦しくなり、見まわすと、無数の巨大な朝顔が、鱏（えい）のふりをして薄い花弁をひらひらさせ、彼にまつわりながら共に泳いでいる。顔にぴったり貼りついたやつがあって、これのおかげで息がつまるのだ。

朝顔の花相撲に来ているのだから、朝顔だらけなのも道理だが、と意識は半ばめざめた。

鼻孔をふさぐ朝顔を振り払って瞼を開けると、地べたに寝ころがっていた。着物の前がはだけている。

お栄が、立って見下ろしていた。

棚には、無数の鉢が幾段にも並び、とても朝顔とは見えぬ乱れ狂った花々が、露を含んでいた。

夜は明け、見物人がちらほら集まり始めている。

「何でえ」

寝ころがったまま、彼はお栄に毒づいた。

「何だって朝っぱらから、おめえの面ァ見ねえじゃならねえんだ」

正式に弟子入りしたわけではないが心のうちで彼が師匠と仰ぐ人の娘だから、毒づきながらも多少遠慮が混る。

「約束しただろう」

男のような懐手で弥蔵をきめこみ、お栄は、

「大円寺のお化け朝顔を見に行こう、よう、ようと、この中おめえが是非とせびるから、お天道さまも上がらねえうちから家を出てきてやったんじゃねえか」

洗い髪を文殻で結え笄一本挿し、藍染めの棒縞の単衣と粋なみなりで、これが色白細面なら、びいどろ逆さに吊したようなと形容してもやるが、あいにく、肌は浅黒く顎のえらがきつく張っている。びいどろどころか、備前徳利横倒しだ。洗い髪にしたところで、結い上げるのが面倒だからというだけのことで、たいがい不精な女だ。文殻で結んだのも、何年も前に流行って今は廃れた艶書結びをきどったのではなく、元結をきらしたからありあわせの反故を使っているにすぎない。枕絵の下絵でも、手近にあれば平気で使いかねない。

しかし、眼は美いな。蒸し上げて布巾にくるんで木槌で叩いて細くしたら、すてきに乙になるぜ、などと思いながら、

「だからよ、おれだって」

女郎屋から舟で漕ぎ出し、どこへなと流れて行けと投げやりに寝ころがっているうちに、お栄との口約束を、はっと思い出したのだ。

四谷箪笥町の居候先からでは、朝顔の開花にまにあうようにと思ったら、夜のひき明けぬ前に発たなくてはならない。だから、深川に泊まりこんだのだが、飲んで抱いているうちに、失念してしまった。

舟がまだ海に流れ出さぬうちに思い出したのが幸いだった。満ち汐に押され、河口の近くで流れは逆流していた。

吾妻橋まで漕ぎ上り、小舟を捨て、大円寺までふらふら歩いて来て、前のめりに寝倒れてしまったのだった。

「早えとこ起って歩びねえ。埒もねえ。泥まみれだ」

「引きずり上げてくんな」

手をのばすと、お栄は、

「図にのるんじゃねえよ」

と、懐手を出そうともしない。

「おめえ、最前、おれの頭を蹴とばしただろう」

「はばかりさま。出世前の男の頭を蹴ったり張ったりはしねえの」

「出世したら蹴るのか」

お栄は、はンと笑った。出戻りのお栄は、彼と同い年の二十五だが、彼は三つや四つ年上の女といっしょにいるような気分になる事がある。

両国回向院の近くに、お栄は父親と住んでいる。父親は本所亀沢町に数年前家を新築したのだが、そこに家族をおいて、お栄と二人借家住まいをしている。

彼は、自分の家を持っていなかった。目下は、友人の家に居候の身だ。

「こう、お栄さん、おめえも寝ころんでみねえ。めっぽういい気分だ」

「おれァ地びたは嫌えだ。寝ころぶなら屋根の上がいい」

「だから、おめえは」

南京返し黒仕立、白いところは歯ばかりの、火事場の月の輪熊みてえに焼け焦げているのだ、臍までお天道さまに曝して焙っているのだろうと毒づき返し、起き直ると頭がぐらぐらしたので、あぐらをかいて朝顔棚によりかかった。

「馬鹿野郎、鉢が落ちる」

頭の上から男の声が降った。

朝顔の出品者の一人だろう、植木職人のようななりの男が両手をひろげて棚の鉢をかばいながら、

「おれの鉢を割ってみろ、てめえの頭ァ三つ四つかち割っても間尺にあわねえのだぞ」

「奇天烈な花ばかり、よくも集めたものだ」

「集めたのではねえわ、こいつとこいつは、おれが創ったのだ。何とごうぎなものだろう」

紅の花弁は細く裂け、花芯がすべてひげ状管状に変り、石橋の獅子がたてがみを振る姿を思わせる。葉のへりも異様にちぢれている。

鉢の脇に立てられた木札には、『乱獅子』としるされてある。

その隣りの鉢は、糸柳のような細葉に、花も糸咲きの『糸柳』、更に、撫子咲き、桔梗咲き、華奢な百合のような花が二輪ずつ寄り添った『比翼孔雀』、筒の部分が内側に折りかえり、その中から蕊が花弁と化して噴き上げた『車咲牡丹』。

境内に所狭しと並べられた千鉢を越す朝顔の、種類を数えあげれば百や二百はありそうだ。

薄衣、濡燕、雪月台、朱の台、夕浪、舞孔雀、唐錦、児桔梗、横雲、糸桜、星の宿……いずれも、花、葉、蔓、すべてにわたって形も色も異常化した、変化朝顔であった。

絵師らしい男が二、三人、彩管を走らせ、おびただしい朝顔の形状を写している。

彼も絵師の端につらなりはしているが、画材の用意はしてこなかった。写している絵師たちは、どこかの板元と契約して花譜を発市すのだろう。

見物人にあれこれ得意げに説明しているのは、それぞれの鉢の出品者らしい。

彼も変化朝顔の評判は耳にしていたし、一つ二つは見た事もあるが、こうも多種多様な花が一堂に並んださまは、想像を越えていた。

まず、大坂で流行り始めたのだと聞いている。

そもそもは、江戸の下谷和泉橋御徒町に住んでいた大番与力の谷なにがしという男が、草花作りを好み、朝顔の奇品を創った。大坂に在番になり、その地でも奇花を育てていたところ、これが大流行になり、さまざまな珍種が創り出された。やがて、数年前から江戸にも流行がうつってきた。

そうして、この秋、初の花相撲——花競べ——が、浅草大円寺で催され、たいそうな評判を呼んでいる最中であった。

清楚で爽やかな朝顔から、妖美な狂い花が突如生まれるそのあんばいが、

「南北のお化け芝居のようだ」

彼はつぶやき、紅い細い花弁を振り乱す『乱獅子』に見入る。

以前は、朝顔といえば、色はほとんど群青か白、あるいはその絞り、形も丸咲きときまっていた。

変化花は、言うなれば、花の病いだ。

大半の変化花は、蕊が花弁に変っているので、種子が採れない。桔梗咲きなどのように一重で種子を持つものもあるけれど、奇妙な事に、その種子を播いても同じ変化花はめったに咲かないのだそうだ。何の変哲もないふつうの花が開く。しかし、その種子がまた突如奇花を咲かせたりするという。

清楚な花々の中に、狂い咲きの血をひそめ持った花が在るのだ。

親花から採れる種子は三通りにわかれる。

病いが顕現して、華麗妖異な狂い花を咲かせ、一代で絶えるものと、親花同様に病いの血をひそめ持ちながら何くわぬ顔で平凡な花を咲かせ、妖花の血を子供に伝えるもの、そうして、全く病いを受け継がぬ健やかで凡庸な種子。

そんな講釈を彼にきかせたのは、お栄の父親の絵師、北斎であった。

善次、おまえの妹も、そういやあ、三人だな。いずれ、三通りに咲きわかれるかもしれねえよ。

お栄が冗談ともまじめともつかぬ口調で言い、

――どれが狂い咲きで、どれがあたりめえなのかな。

と彼も調子をあわせたのだった。

気重さを、彼はかくした。

四年前、父親が没したとき、彼は二十一だった。その年の秋に、継母が逝った。

十四のお津賀を頭に、十のおたま、五つのおりよ、三人の異母妹が、ふいに家長の座につく事になった彼の手にのこされた。

鉢には細い竹の支柱が立ち、朝顔の茎がからまりついている、その細竹を己れに見立て、彼は苦笑した。

「何でえ。何がおかしい」

自分の鉢を嗤(わら)われたと思ったのか、男がくってかかる。

「おめえさんの事じゃあねえ。茶漬けが食いてえな」

後の言葉はお栄にむけた。

「女郎(えて)ァ食わしてくれなかったのか」

「寝ていた」

「だらしのねえ情人(いろ)だ」

「初会の女さ。食わしてくれよ、お栄さん」

「冷飯ぐれえあるだろうが、火種が残っていたかな」

「火種を消しちゃあいけねえ」

「なまじ火があると、火事になる」

「違えねえ。紙反故(かみほご)だらけで畳の目も見えねえ家だ」

「親父さまを起こすと雷だ。こっちが食わせてもらいてえわ。おめえ、言っといたやつは描(か)いたか」

「まだだ」

「早えとこ仕上げな」

朝日がまぶしくて、彼は目をつぶった。

目を閉じると、人声がやたらに耳につく。ずいぶん見物の数が増えた。

「おや、善さん、朝っぱらから美印(びじるし)とお揃いで」

耳もと近い声に目を開いた。

顔見知りの越前屋長次郎が立っていた。細長い顔に薄あばた、眉は薄く、右の瞼が垂れ下がった眇、という醜男である。貸本と古本の瀬捉りを生業にしている。店は持たず、同業者同士の間の売買の仲介で利鞘をかせぐ商売である。

「お安くないね」

「北斎先生の娘さんだよ」

彼が言うと、長次郎は、ひゃっというような声をあげた。

「これはご無礼を申し上げました。北斎先生の……。何と喜ばしい。手前は両国橘町の越前屋長次郎と申します。以後お見知りおきくださいませ。手前発願の筋がございまして、北斎先生には近々ぜひともお目通りをと」

「帰るよ」

お栄は言い捨て、背を向けた。

「あ、ちょいとお待ちを」

追いすがろうとする長次郎を無視し、お栄は大股に歩み去る。

「何でえ、あれァ」

長次郎は毒づいた。

「親父がいくら偉えかしらねえが、おこぜの黒焼きが玉蜀黍を横ぐわえにしたような面で、いばりくさりやがって」

「おこぜはひどかろう。あのひとァ、びたつく奴が大嫌えなんだ」

「それにしても善さん、おまえ、てえしたお人と近づきだな。娘とあれほど親しい仲なら、親父の北斎とも昵懇なのだろう。北斎先生のところに婿入りの算段か」

「願い下げだ」

「そうだろうな。出戻りのおこぜとあってはな。だがよ、これはまじめな話なんだが、どうだろう、ひとつ、北斎先生にひきあわせちゃあくれねえか」

「何か売りつけるのか。あの先生の溜めこんだ古今の画図は、なまじな書画骨董屋、古本屋の及びもつかねえほどだぜ。それに、持っている粉本は、金輪際手放さねえよ。だから、収入も多いのに出銭の方が上廻って、懐ァ年中、素寒貧だ。商売にゃあならねえよ」

「いや、商いの話じゃねえ。先生は近頃、とみに枕絵にせいを出しているじゃねえか。その方の話よ。おれァこうみえても、ちっとばかり大望があってね。善さん、おまえさんにもいい話なんだ。千代田淫乱の『艶本恋の操』、読ませてもらいましたよ」

ふいに言われて、彼はいささかうろたえた。

「見てくれたのかい」

「御絵師は四渓淫乱斎。つまりは、作者も絵師もおまえさんだろう。あれは、すてきに乙であったよ」

その一言で、彼は、長次郎に好感を持った。かけ出しの無名の絵師にとって、褒め言葉ほど嬉しいものはない。長次郎は更に、「さすがに、以前は狂言作者を志しただけのことはある。芝居の世話物ばかり選んで枕絵に仕立てた、あの趣向は、並の者には思いつけないよ」と、手放しに褒めあげる。

「袋がまた、凝っていたねえ。題簽は勘亭流。花模様の振袖を水引になぞらえ、目次や序文も絵番付をまねてあったな」

「あの隠号がおれだと、よく見抜いたな」

「狂言作者見習のころのおまえさんの名が千代田才市。千代田のお城の近くについこの間まで住んでいたからな。いまは、四谷簞笥町に居候だから、四渓。と、ことさら思案しねえでも、板元あたりから、あれは善さんの作だと、話ァつたわっているのよ」

ずいぶん、おれの身辺に詳しいなと、彼はいささか不審を持った。長次郎とは、かくべつ親しいわけではない。彼が狂言作者見習として芝居小屋に出入りしていたころ、長次郎と数度楽屋で出会っている。長次郎は、彼に愛想よく話しかけ、瀬捉りを商売にしているが、軍書読みもする、是非ききに来てくれ、と言った。顔を合わせるたびに誘われるので、去年の秋、長次郎が出ている寄席に入ってみた。二百人ぐらい入りそうな二階建ての小屋に、客は、十人も入っていなかった。寄席といっても、色物と講談の二通りがある。色物の席は、落咄、怪談、芝居噺、人情噺と変化に富み、しかも一枚看板の真打が人情噺の続き物をやるから客が押しかけるのだけれど、講談の席は講談一式なので人気が薄い。長次郎は前座をつとめていた。張扇を鳴らしながら、太平記か何か読み上げるのだが、声が通らず、聞きとりにくかった。長次郎は、彼に目を据えて語るので、中座もしにくく、語り終わるまでつきあった。長次郎の出が終わったところで外に出ると、長次郎はすぐに追ってきて、うどん屋に連れこみ、熱い鍋焼をおごってくれた。

　そのとき、相手の年も知った。十も年上だと思っていたら、一つしか違わないのだった。川越の百姓の七男で、餓鬼のころから江戸に奉公に出された。ひところ書肆（ふみや）に奉公していた、というようなことを、長次郎は問わず語りに口にした。瀬捉りをはじめたのも、その縁なのだろう。

　彼は、つきあいの浅い相手に身の上話をする気にもならず、長次郎の話を聞き流していただけなのだが、長次郎の方では、彼のことを、何かと聞き集めたらしい。

「善さん、狂言作者はあきらめたそうだの」

「立作者（たてさくしゃ）になるまでに、何十年もかかる、その間は只働き（ただばたら）同然とあってはな。食っていかれねえ」

「浮世絵に腰を据える気になったか」

　ところで、ものは相談だが、と長次郎は顔を寄せ、

「何とすてきに酒くさいの。夜っぴて飲んでいたのか」

　言いかけて、よろめいた。近づいて来た見物客の一人が、いきなり長次郎の肩口を突きとばしたのだ。仰向けに転んだ上にのしかかり、胸倉をつかみ、ものも言わずなぐりつける。眼がすわっている。

破落戸の風体ではない。鉄お納戸の単衣に花色七子の帯、彼も顔見知りの、勘七という狂言方であった。

彼が入門したことのある狂言作者篠田金治の弟子で、彼同様まだ序開き狂言も書かせてもらえず、正本の清書だの書抜き作りだの、役者のうしろでせりふをつけたり柝を打ったり、といった仕事をやらされている。

突然の襲撃に、長次郎は声も出ず茫然となぐられていたが、相手の顔にようやく眼の焦点があい、卑屈な翳が表情に走った。

「悪かった。だが、聞いてくれ」

弁解しかける口のはたを、勘七は馬乗りになったまま捻り上げる。

彼もあっけにとられて、とっさには軀が動かなかったのだが、ようやく止めに入ろうとすると、勘七は振り払い、はずみをくらって彼も足踏みすべらせ、のけぞってすっ転んだ。

世話役をはじめ人々が駆け寄り、一人が背後から勘七を羽交い締めにした。

「叩っ殺してやる」

喚き暴れる手足を他の者たちが押さえこんだ。

その間に長次郎は起き直り、泥水を吸った裾をからげ、逃げてゆく。彼も後を追った。

井戸端に走りつくと、騒ぎに気づいて見物していたのだろう、立ち去ったのかと思ったお栄が、そこにいた。

長次郎は釣瓶を汲み上げ桶にうつし、腰の手拭いを浸して絞り上げ、顔や着物の泥汚れをぬぐいはじめた。

彼は釣瓶の竹棹を井戸にたぐり下ろし、新しい水を汲み上げた。空の色をうつしながら、釣瓶は上がってきた。

「屈んで頭ァ出しな」

お栄は命じ、彼の手から釣瓶をとると、屈んで突き出した頭に中の水をぶちまけた。

「これで酒の気が抜けただろう。善次、そいつとつきあうのは、よしにしな」

「あれ、お栄さんは長次さんと知り合いか」

頭を振って水気を切る。

長次郎がいささか腹にすえかねた声で、

「今のいざこざァ、見てのとおり、あたしのせいじゃない。きちげえ犬みてえに、あっちがかってに突っかかってきやがったんで、まったく、とんだけしからねえ話だ」

「芥子が辛けりゃあ」と彼は言いかけ、くだらねえという眼をお栄が向けたので黙ろうとした。しかし、口をついた地口は止まらず、

「山椒や唐辛子の立つ瀬がねえ」と続けた。

「よくねえ骨相だ。善次、誑かされねえようにしな」

水のかかった袂をきゅっと絞ってお栄が去った後、

「すてきに嫌われたな。何かお栄さんの気を損じるようなことをしたのか」

彼が訊くと、

「損じるも損じねえも、これが初の御対面だわ。あの女、言いてえことを言いやがって」

「お栄さんの人相骨相は、よく当たるよ」

「おれの骨相の、どこが何だってんだ。親からもらった面だ。いいも悪いもおれのせいではないわ」

「いましがたのいざこざァ、何だい。おとなしい勘さんを、何であのように怒らせたのだ」

「ちょいとしたいきちがいだ。あの男がひとり合点で腹を立てているのだ。善さん、おまえ、その濡れ鼠で道中もなるまい。あたしの家が、ついそこだ。寄ってお行きな。あたしの着古しだが、着替えを貸すよ。ついでのことに、湯屋にいって、一っ風呂浴びよう」

「橘町じゃあ、ついそことも言えねえが」

およそ、二十四、五丁。両国橋の近くだから、四谷箪笥町よりは、はるかに近い。

歩き出しながら、

〽霞のころも衣紋坂　衣紋つくろう初買の

と長次郎はくちずさみ、

「こいつは流行るよ」

と言って続けた。

〽花の江戸町京町や　背中合わせの松かざり

「清元延寿太夫の新作だ」

「清元？　聞かねえの。富本じゃねえのか」

「艶本を書くひとが、清元を知らねえじゃあ弱る。もっとも、ついさきごろできた新しいお流儀だ。まだ名は通っていねえが、これからは、おめえ、清元だよ。豊後路清海太夫の名は知っているだろう」

「清海太夫なら、名人だ。富本じゃねえか。富本斎宮太夫の一の弟子だろう。一時、斎宮太夫の名を継いだが、改名した……」

「それが、今年、清元延寿太夫と名をあらためて、新しい流派を樹てたのだ」

「詳しいの」

「あたしの師匠が、質屋のお妾だが、延寿太夫の弟子でね。延喜代と、看板をあげている。気っ風のいい女だ。そのうち、ひきあわせるよ」

「清元か。霞のころも……」

「衣紋坂　衣紋つくろう初買の　袂ゆたかに大門の　花の江戸町京町や　背中合わせの松かざり。節づけは言うまでもない延寿太夫だが、詞は蜀山人だよ」

〽松のくらいも見返りの　柳桜の仲の町の　花もいつしか　ちりてつとんと

長次郎ののどはたいしたことはないが、詞や節づけは、たしかに人の心を惹きそうだと彼も思い、ちりてつとん、と小声で合わせた。
お津賀はすじがよかったのだが……と、思った。六つの年から、お津賀は師匠について長唄（ながうた）や三味線を身につけていた。遊芸一通りを修めていれば、大名屋敷の奥向きに奉公の道がひらける。父は小禄（しょうろく）なので、二人分の束脩（そくしゅう）は払えず、おたまは習いごとはできなかった。まして、末のおりよは、父が死んだとき五つだったのだから、何も習わせてはやれなかった。

　父の死後、境遇はめまぐるしく変り、一年前から、妹たちは他家にあずけてある。月々の養育料は彼が仕送りする約束で、お津賀の稽古事の束脩までは彼の稼ぎでは手がまわらない。

「見世すががきの風かおる」と、長次郎は気分よさそうに続ける。

「延喜代という師匠とは、よほど親しいのかい」

「まあな」

「内弟子はとらないだろうか」

「さて、どんなものかね。簾（すだれ）かかげて時鳥（ほととぎす）啼（な）くやさつきのあやめ草」

　口三味線が続いた。

　裏長屋だが、間口二間（けん）、奥行三間半の造りである。方一間の土間と二畳の小部屋が並び、その奥に六畳、裏に台所と後架（こうか）までついているのだから、一人暮らしには十分すぎる広さだ。

「けっこうな住まいだ」と彼が言ったのは、空世辞(からせじ)ではなかった。

商売物の草双紙が隅に積み上げてあり、古びた紙のにおいがするが、きれい好きとみえ、部屋の中は清潔にかたづいている。

そのせいか、陽当たりの悪い裏長屋で、まして土間と台所にはさまれた六畳は窓もない行灯(あんどん)部屋なのに、湿っぽくはない。彼が居候している家は、はるかに広いのだが、人の出入りが多くて始終ざわつき、そのくせ陰気なのだった。

「なに、今に表通りに店を持ってやる。それも、場所は通油町(とおりあぶらちょう)ときめているのだ」

そう言いながら長次郎は、泥水を吸った単衣を脱ぎ、下帯一つになって、おめえも脱ぎなと目で促す。彼も帯を解いた。

長次郎は痩せて腹だけが出ていた。

「おめえ、背に刺青(ほり)を入れたら、一段と男前があがりそうだの」

と、長次郎は彼の裸体に目を這わせ、

「ちっと男にしては白すぎるの。餅肌(もちはだ)だ」

と、手をのばした。

「よしねえ。くすぐってえ」

表も裏も開け放しだが、蒸し暑い。日中の陽照りが思いやられる。

「瀬捉りにたいそうな店構えはいるめえに」

長次郎が放ってよこした団扇を見て、彼は、苦笑した。手内職の賃仕事に彼が絵を描いて問屋に渡した団扇の一本であった。

狩野派の絵を本格的に学んでいる。しかし、そちらの技倆では食べてはいかれなかった。

「いずれは、蔦屋を凌ぐような書肆にというのが、おれの大望よ」

「潰れたじゃねえか、蔦屋は。縁起のよくねえ名をひきあいに出したものだ」

「寛政のお取締りの煽りをもろにくらってな。あまり流行ったから、風当たりも強かったのだ」

「板元になりてえのか」

「もう、なっている。二つ三つ発市した。青林堂といってな」

「聞かねえの」

「これから、誰もが聞くようになる」

「なるほど、大望だ」

「式亭や種彦の本を出せば、当たるのはまちがいなしだが、あたしとしては、これと目をつけた若いのを、最初っから育て上げたいのだよ」

長次郎は、偉そうな口をきいた。

「おれのことか?　目をつけた若いのというのは。一つしか違わねえんだのに」

「おまえの『恋の操』を手にしたときから、あたしは、おまえに目をつけていたのだよ。

いや、その前から……」

「式亭や種彦大先生では、おめえなど相手にしてくれないのだろう」

「最前、おまえに出会ったとき、やはり、縁があった！　とわたしは思ったよ。神仏のお引き合わせというものだ。おまえが狂言作者をあきらめてこのかた、とんと、芝居小屋でも会うことがなくなった。住まいをたずねてみようかと思っていた矢先だったのだよ。あたしと手をお組みな」

「地獄へ道行とならねばよいがな。おまえは悪相だと、お栄さんが言っていた」

「とんでもない言いがかりだ。そりゃあ、あたしは、おまえのような男前じゃない。あばたの眇だ。だが、あたしに言わせりゃあ、おまえみたような今牛若の方が、よほど罪つくりの悪い奴だ。女に実をつくしたこたァねえだろう」

「つくしてくれるやつもいねえとさ」

「あたしは、つくすね」

長次郎は言った。

「これと思いさだめたら、死ぬまで喰いさがって、つくす」

「すっぽんだな」

「おまえのように、女にもてるのがあたりまえと思っているやつは、喰いつかれても気がつかねえんだわ」

「これで、かねがありゃあ、もっともてる」

　さて、湯屋に行くか、と、長次郎は口調を変え、大きくのびをし、

「今日煠湯を沐びて五塵の垢を落とし、明日貰い湯に入りて六欲の皮をすりむき、いつも初湯の心地せらるるは、げにも朝湯の入り加減、ああけっこうとや言わん、ああありがたいかな」

　式亭三馬の『浮世風呂』の一節を、すらすらと口にした。

「ここにだぶだぶと言う僧あれば、かしこにぶうぶうを言う俗あり。偏袒右肩の湯上りに浴衣容の顔世はあるとも、いまどきの師直さらに女湯をのぞかず」

　彼がうろおぼえで後をつづけると、長次郎は声をはりあげた。

「男湯孤ならず、女湯必ず隣りにあり」

　湯に漬かったら寝ちまいそうだな、と彼は思い、つい数刻前は大川を小舟で流れていたのだ、間が悪ければ今ごろは果てもない外海を漂っているところだと、奇妙な気がした。


　四渓淫乱斎。枕絵でない浮世絵を描くときの画号は、渓斎英泉。本名は池田善次郎。父親は、赤坂山王社の社家に仕える宮侍であった。小高い山王社の台麓に、社家は並んでいた。

　南に溜池や馬場がひろがり、周囲の一帯は大名の上屋敷、中屋敷が塀を連ねる閑静な土地である。鳥居の立ち並ぶ山王社の参道は、丹羽左京太夫の上屋敷と五島兵部の屋敷

の間を貫いて迫りあがる。

北東の方角にものの十丁も行けば内堀にぶつかり、石垣の向うに江戸城がそびえていた。

四年前、父が急死するまで、彼はそこに住んでいた。

六歳のときに、彼は生母を労咳で失なっている。華奢な、美しい母であった。

翌年、父は後妻を迎えた。継母は、生母とは対照的な、豊満なからだつきをしていた。

父は男にしてはほっそりした方なので、二人並ぶとずいぶん不釣合に、彼の目にはうつった。

彼が初めて妹というものを持ったのは、次の年の夏であった。赤ん坊ものの珍しいが、衿を開いて乳を含ませる継母の盛り上がった白い乳房が、いっそう珍しく、彼の目を惹いた。丸く赤黒い乳頭は、乳の雫をわずかに滲ませて濡れていた。

お津賀のあとに、おたま、おりよ、と女ばかり続いた。

父の死は、思いもかけぬ凶夢であった。

溜池に落ちて水死しているのを、通りがかりのものに発見されたのである。泥酔していたための失態とみなされた。

彼が家督を継ぐものと思っていたのに、意外な成行きとなった。

父は、養子であった。嗣子がないために、池田家から松本家に貰われたのだが、その後で松本家に実子が生まれた。父の後は、その実子に継がせると、前々からの約束になっていたのだそうだ。

父の死にようが家の体面を汚す（けが）ものであったと本家では憤り（いきどお）、遺児たちに冷淡だった。

幸い、世話する人があって、別に仕官の途（みち）がみつかった。さる小禄の大名のもとに抱えられたのだが、身分は年に四両の最下位の徒士（かち）である。商家の下女の給金とたいしてかわらない俸禄（ほうろく）であった。

それでも、上呉服橋の上屋敷内の、徒士に与えられる中長屋に一家も落ちつくことができたのだが、居を移してほどなく、継母が、逝った。急に高熱を出して寝込み、医師は風邪だろうと言ったが、あっけなく呼吸（いき）が絶えた。やわらかく弾むゆたかな肉（しし）おきが衰える暇もない急な死であった。

仕官して二年後、彼は咎（とが）めをうけ、主家を追われた。枕絵を描いて板元に売りわたしていたのが発覚したのであった。

2

洗いあげた解（と）きものを、お津賀は戸口にたてかけた張板に張る。濡れた布片の皺（しわ）やたるみを、撫（な）でてのばす。

里親の単衣（ひとえ）である。早くすませて、妹たちの単衣も洗い張りし、袷（あわせ）に仕立ててあげてやらねば、と手の動きが早くなる。

おたまもおりよも解きものは自分でするけれど、洗い張りはお津賀にまかせている。おたまぐらいの年のときには、お津賀はもう、洗い張りばかりか仕立てまでしたのだけれど、嫌いな仕事ではないから、苦にはならない。年弱なうちに一家の没落と離散を味わわねばならなかった妹たちが不憫で、重荷に小附けは少しでも減らしてやろうと甘やかす。稽古事までできたのは、三人の姉妹のうちでお津賀一人だった。指の撥胼胝は水仕事でふやけ消えかかっているが。

おたまは、里親の縁者の家に、一人別にあずけられている。三人いっしょでは面倒がみきれないというのだが、縁者の家で子守娘が必要だからというのが本当の理由だと、お津賀もおたまも、おりよでさえ気がついている。いや、そういうごまかしに一番敏感なのが、一番年弱のおりよであった。

里親、里子といえば聞こえはいいけれど、実態は大百姓の家の下女扱いであって、しかも、里親は給金を払うどころか、養育料を兄に仕送りさせているのだから、ずいぶん理に合わない話だ。

その理不尽さに、誰より腹を立てているのも、おりよであった。

あまり癇をたてるから、おまえは肥えないのだよ、と、お津賀がつい口にするほど、おりよは小柄で痩せている。おたまが、ろくなものは食べさせてもらっていないはずなのに色白でぽっとり肉づきがいいのと対照的であった。

おたまには、まわりの男たちが早くから目をつけ、どうやら男の軀をすでに知っているらしい。おたまは何も告げないけれど、お津賀は、勘で感じている。

お津賀こそ、とうに男を知っていてよい年であった。十八になった。嫁いで子供の一人や二人いるのがあたりまえなのだが、嫁ぎたいという気は、なかった。

江戸の北東（うしとら）、千住（せんじゅ）を更にはずれた、弥五郎新田と呼ばれるこの辺りで、嫁ぐというのは農家の労働力に加えられることだ。江戸の華やぎが、お津賀の身にしみこんでいた。貧しい暮らしではあったけれど、遊芸一通り身につけ、踊り屋台で踊るくらいのゆとりはあったし、たまには葺屋町（ふきやちょう）や堺町（さかいちょう）、木挽町（こびきちょう）の小屋の平土間で芝居見物、春の花見、夏の花火と、いろどりゆたかな日々を、父が死んだ十四の年まで過したのであった。

弥五郎新田に、兄はめったに訪ねて来ない。仕送りはいつも他人にことづけてよこす。妹たちを他家で働かせている不甲斐なさを目にするのがいやだから来ないのだとお津賀は感じる。見ないでいれば、兄は、忘れているときを持てるのだろう。

兄さんは忘れていても、わたしたちは消え失せたわけではなく、ここにいるのだけれど……。

張板をもう一枚並べて立てようとして、枯れかけた草花の蔓が見苦しいのに気づき、少しかがんで引き抜こうとした。その手を、お津賀は途中で止めた。

おりよが播（ま）いた朝顔であった。変化朝顔を咲かせるのだと、おりよはいさんで水をやったり支柱を立てたりしたのだが、咲いたのは何の変哲もない青い丸花であった。朝のうち、すがすがしい花を次々に咲かせる朝顔はずいぶん目を慰めてくれた。しかしおりよは、竹公嘘をついたと腹を立てた。

近くの農家の三男の竹吉は、春は桜草、夏場は青物などを、浅草の方まで振り売りに行く。江戸で流行(はや)っている変化朝顔の種だよと、竹吉はおりよに数粒与えたのだ。竹吉も浅草あたりで誰かにもらったものらしかった。

藁(わら)のような色になりかかった蔓に、朝顔は種をつけていた。十分に実ってこぼれんばかりの種をお津賀は採り、あとの蔓はひき抜いた。おりよが、また来年播くだろう、そう思って帯の間におさめたが、

——来年……。

来年もまた、同じようなことを、ここでしているのか、と吐息が洩(も)れた。

そのとき、おりよが道を走ってくるのが目に入った。

素足である。よほど寒くならなければ、おりよは履物は履かない。一足の下駄を大切にして履かないでいるのかとお津賀が不憫がると、裸足(はだし)の方が気分がいいと、おりよはそっけない口調で言う。まんざら強がりでもないふうで、真実、土の感触が好きらしい。

つんつるてんの着物の裾がはだけ、走る足の腿(もも)の付根(つけね)の方までみえる。

——腰上げを下ろしてやらなくては……。

走りついたおりよは、息を切らしながらお津賀の手をつかみ、ひっぱっていこうとする。

「お待ちよ。いま、張物をしているのだから。手が濡れているんだよ」

「早く行ってくれないと、おたあちゃんが殺される」

　切れ切れに、おりよは言った。
　二、三日前に、兄からの仕送りが届いた。かねを手にすると、その当座は、里親は少し寛大になり、おりよが遊び歩いても大目に見る。
「おたあのところに行っていたのかい」

「殺されるよ」

　悲鳴のようなおりよの声に、お津賀は走り出した。裾をはしょったままなので足さばきがよい。おりよは遅れがちになる。

「どこだい。おたあは、どこにいるのさ。姉ちゃん先に行くから、場所だけ教えておくれ」

「甚右衛門(じんえむ)のところの？」

「納屋(なや)だよ」

「そうだ」

「納屋に押しこめられているのかい」

　おりよがうなずくのを見定めて、お津賀は足を速めた。

　おたまがあずけられている先は、二丁ほど離れている。お津賀が走る道の両側の田は、重く実った稲穂がわずかに揺れている。

おたまに少し盗癖のあることが、お津賀を不安にする。

走りとおしたので、納屋の前に着いたときは頭から血がひきそうだった。

納屋の戸は閉まっていた。引き開けて中をのぞくと、人の気配は感じられない。炭俵だの樽だのが積み重ねられた中に一足踏み込み、おたま、と小声で呼んだ。二、三度呼ばわり、少し声を高くして、「おたま」と呼ぶと、

「何さ」

背後でゆったりした返事があった。

振り向いて、おたまと目が合った。

「どうしたのさ、姉ちゃん」

お津賀は、おたまをみつめ、どこにも折檻（せっかん）の痕（あと）はないのをみてとった。

「いやだよ、おたあ。おりよはまあ、何ということを。おまえが殺されるだなんて御注進に走ってきたんだから」

「わたしが殺される？」

おたまはけげんそうに言い、それから、ふいに軀を折って笑いだした。白い頬に血がのぼった。

「いやだ、あの子ときたら。そういえば、最前、誰かのぞいたっけよ」

お津賀はようやく、おたまの髪にからんだ藁屑（わらくず）に気づいた。最初から目についてはいたのだけれど、その意味をやっと悟ったのである。

お津賀もしょうことなしに笑い、少し赤くなった。

「とんだ気が揉めのお津賀さんだったね」

駒込のお富士さんにひっかけた地口をおたまは気楽に口にした。

「おまえ、気をおつけよ」

と言いながら藁屑をとるお津賀に、

「おりよが、バタバタバタバタの〝申し上げます〟か」

と、おたまはまたくったくなく笑った。

相手は誰なんだい、と詰る気にもならない。相手を知ったところでどうなるものでもないし、叱言を言って性根にこたえる妹ではないと承知していた。

ようやくおりよが走り着いた。笑いながら話をかわしている二人の姉を拍子抜けしたように見くらべた。

「よその人に、おたあが殺されかけていたなんて言うんじゃないよ」

お津賀は釘をさした。

「それだっても……」

「おりよ、いくつだっけ」

おたまは訊き、

「九つ」とおりよが言うと、

「その年なら、もう、口ぐらい吸われただろ」

と、からかった。

「誰に」

「男にさ。主さんが手つけの口じるし」

おたまはおりよの腰を抱きしめ、唇を吸った。

「ばかなことを教えるんじゃないよ。おりよは、おまえのような裾っ早じゃないんだよ」

お津賀は声を荒らげてたしなめ、おりよのつんつるてんの裾をひっぱって、はだけた前をなおしてやる。

「日がかげらないうちに、張物をすまさなくてはならないのだよ。ほんにさ、人騒がせだよ」

あばえ、とお津賀は走り戻りかけ、振り返ると、おりよはおたまに頬を舐められ、逃げようとして騒いでいた。

針目も見えぬほどに暗くなった。

お津賀は留針を打ったまま縫物をそっとたたみ、針山に刺してある針の数をたしかめる。

おりよは枕を掃き出し口に近づけ、夜着から身をのり出して、さしこむわずかな月明りをたよりに読本を読みふけっている。

「早くおやすみよ」

声をかけ、手水に立った。

戻ってくると、おりよは読みさしの本に手をかけたまま眠っていた。

夜着をかけてやり、おりよの手から本をとった。柳亭種彦の『浅間嶽面影草紙』であった。五年前に発市されたのを兄が買い求め、読み終えた後お津賀が借りて、寝る間も惜しんで読みふけったものだった。

兄は京伝や種彦や馬琴の合巻を愛読し、自分も何か書き散らしていた。

兄と別れるとき、お津賀は『浅間嶽』だの山東京伝の『桜姫全伝曙草紙』だの曲亭馬琴の『椿説弓張月』だの、何冊かもらってきた。里親のもとでは新板は手に入らないので、手持ちのものを読み返し読み返し、さわりの部分は暗で言えるほどだ。

おたまは読本にはまるで興味を持たず、せいぜい絵草紙をのぞくくらいだが、おりよは早くからお津賀に読んでくれとせがみ、いつのまにか自分で読むようになっていた。

柳亭種彦は二百俵取りの旗本の家柄だそうだ。兄のように身分を剥奪されることはなく、武士であると同時に戯作者として名をなしている。

兄は、艶本を書いたことが発覚して、主家を追われた。

春画、好色本が御禁制となったのは、享保七年だそうだ。それ以前は、おおっぴらに店頭で売られていたし、まして作者や絵師がお咎めを受けることなどなかったという。

禁令が出てからは、店頭に飾ることは自粛したが、かげでの絵師たちの活躍はいっそう盛んで、名のあるものも無名のものも、枕絵を描かない絵師はないし、遊里の風俗を描いた洒落本の出板も盛んになった。

ところが、寛政の御改革とやらで、奢侈の禁止と共に、春画、春本の取締りもやみくもに強化された。色里の風俗を書いたことを咎められ、京伝は手鎖五十日の刑を受け、洒落本をあきらめ、読本にうつった。

十年前、文化元年には、歌麿をはじめ、歌川派の絵師豊国だの勝川春亭だの喜多川月麿だのがやはり手鎖五十日の刑を受けている。歌麿がその二年後に病死したのは、そのときの苛酷な入牢吟味がもとだろうと取沙汰された。

その後も禁令はひきつづき厳しいが、蔭での出板は衰えない。歌川派はお仕置にこりた豊国が弟子にまで春画を禁じた。

それでも、板元としては、需要の多い春画を出さずにはいられない。無名なものにも誘いの手をのばしてくる。

お津賀は、『多真都波紀』と題簽にしるされた艶本を一冊、手箱にしのばせている。兄が描いたものだ。

いま、お津賀はそれを取出してみた。

おりよの枕近くににじり寄り、月明りに開いて眺める。

腰元らしい女の背後から若衆が抱きかかえ、女の裾は割れて媾合を露わにしている。

初めてこの絵を見たときは、恥ずかしくて、まともに見られなかった。

父と母の死んだ翌年だから、三年前、兄は二十二、お津賀は十五だった。

兄がたいそう酔って出先から戻ってきたとき、お津賀はつい、お酒を飲むお銭(あし)があるのなら……と愚痴をこぼしてしまった。日々の、こまごました銭の出入りは、母の死後、お津賀の手に任されていた。

兄は懐から薄い草紙本を出し、お津賀の前に放(ほう)った。続いて、その上に、財布が降った。

お津賀は、草紙本の丁をめくり、「いやだァ」と放り出した。

「粗末に扱うな」と兄はどなった。「おまえたちの米櫃(こめびつ)だぞ」

兄は、同じ本を十数冊持っていた。売りさばけと、兄はお津賀に命じた。

板元のよこした画稿料があまりに少いので兄が不服を言うと、不足な分はこれを売って補なえと、できあがった本を渡されたのだそうだ。

書肆(ふみや)というのは、そうするものなんですか。

仕組を知らぬお津賀は問うた。

「こっちが名が無(ね)えものだから、舐めていやがるのだ。今に、向うから手をついて、描いてくださいませと頭を下げるようにしてやるわ」

「わたしは、兄さんが、狩野派の絵師として名をあげてくれなさったら、どんなにか」

何げなく言いかけたとき、兄の手にした草紙本が、お津賀の頬を張った。

師匠のところに持ちこみながら、ふつうの錦絵であれば、兄さんが描きました、と、どんなにか自慢で売れるのにと思った。しかし、ただの錦絵なら絵草紙屋で、豊国だの国貞（くにさだ）だの人気絵師のものがいくらでも廉価で手に入る。おおっぴらに買えない枕絵となると、値がかさむ。

四渓淫乱斎などという画号の絵師は誰も知らないから、値も安い。師匠をはじめ、相弟子やらその知り合いやらが気軽に喜んで買ってくれたのでお津賀はほっとした。

兄は下絵を家でも描くようになった。

「お津賀、着物を脱いで、こう、横になってみな」

画帖（がちょう）を開いて言うので、

「いやだ」

お津賀は身をちぢめた。

「あたい、脱ごうか」おたまが言う。

「おめえじゃ、餓鬼すぎら」兄は、ちょっと目を細め、「餓鬼でも、おめえの方が色気があるの」と笑った。

お津賀は少しずつ、兄のみだら絵に馴れた。

立ち寄った隣家の女房が、文机（ふづくえ）の上にあった兄の下絵に目を向け、

「おや、目の法楽だ」と、手にとった。

「まさか、お津賀ちゃんが描いたのではあるまい」

「兄さんです」小声で、お津賀は言った。

「善次さんは、狩野派だと思っていたら、こういうのも描くのかい」

いかにも感心したふうなので、お津賀は誇らしくなり、

「あの、来年の正月、書肆（ふみや）から発市（だ）しますのさ」

「色がついたら、よほどみごとだろうね。売り出したら、一枚、おくれなね」

「はい、あげますよ。ついでのことに、余分に買っておくれでないか」

「おや、商いがうまいの」

女房の口から話はたちまちひろまって、翌年は、中長屋の人々にも、捌（さば）けた。

兄の上司もおもしろがっていたのだが、春ごろ、突然、兄は禄を召し上げられ追放を言いわたされた。

艶本や枕絵を描いていたことを咎められたのである。兄の上司も、引責、降格の処分を受けた。それまで何事もなく見過ごされていたものが、急にことごとしく取り上げられ、上司ともども苛酷な処分を受けることになったのは、家中の勢力争いに兄の件が利用されたのだと、中長屋の者の噂が、お津賀の耳にも入った。

思い出すたびに、お津賀は、いまだに腹が煮える。荷物をまとめていたときの心細さも、まざまざとよみがえる。

――でも、兄さんがいてくれるのだから。

己れに言いきかせていた。わたしが取乱したら、妹たちに示しがつかない。気をはって、おたまとおりよを励まし、それぞれの衣類などを行李（こうり）に詰めさせた。

——おたまの方が、わたしより平気な顔をしていたっけ。

ぐずぐずに乱れたまま行李につっこもうとするおたまを、だらしがないったら、とお津賀は舌打ちして叱りつけ、畳み直させた。

そのとき七つのおりよは、浅黒い小さい顔の唇をひきしめ、理解のとどかぬ激変を、小柄な軀じゅうで受け止めようとしているふうだった。

持って出る荷物は、行李二つにおさまった。わずかな家財は、昼前に古道具屋が捨て値で持ち去っていた。

ごみだの、古道具屋も持っていかない不要のものだのはずいぶんあり、お津賀はそれを家の前で燃やした。同じ中長屋の人々は、見ぬふりをしながら、通りすがりに視線を投げる。咎めを受けて追放される一家と親しいところを見られたくないという小心さが露わだった。兄の描き損じた反故紙(ほごがみ)の束を、お津賀はぐいと捻りかけ、思い直して、ひろげたまま、一枚ずつ火中に投じた。

大八車を借りに出ていた兄が長柄(ながえ)を曳(ひ)いて戻ってきた。

家に入るとお津賀たちを集め、

「ひとまず、四谷箪笥町の為さんのところに落ちつくが、おまえたちは、里親を探すから、そこに行け」

厳しい声で言いわたした。

「兄さん、その痣(あざ)……」

高頰に痣ができ、着物は土の汚れがついている。お津賀が訊ねると、兄はそれには応えず、

「これから先は、おれを頼るな」と言った。

「里親に、おまえたちの食い代だけは仕送りする」

おりよが、不安げな目を兄に向けた。

おりよとおたまを行李といっしょに荷車に乗せ、兄が梶棒を曳いた。お津賀が後を押そうとすると、おまえも乗りな、と兄は言った。

「それじゃあ、重くて……」

「一度こっきりだ。あとは、おさらばえだ」

歩きます、お津賀は言った。かってにしな、というふうに、兄は梶棒に力をこめた。力仕事になれない肩に、じきに汗が浮いた。

兄の傷のいわれを、お津賀は、後日、おたまから教えられた。兄は、おたまが訊ねるとあっさり話したのだそうだ。

大八車を借りに出たとき、兄は、その足で狩野派の師匠のところに挨拶に行った。父の死以来、長らく顔は出していなかったが、居を移すことを一応話しておこうと思ったのだ。ところが、主家を追われるに至った事情がすでに伝わっており、その場で破門を言いわたされた。帰ろうとしたところ相弟子に「恥を知れ」と罵られ、撲り合いになったのだという。

「兄さんは、今に豊国を蹴落（けお）とすと、あたいに言ったよ。だから、あたいたちとは、おさらばえなんだってさ」

おたまには兄さんは気軽に喋（しゃべ）るのだなと、お津賀は胸に嫉妬の針を感じたのだった。

おりよの寝息を聞きながら、月明りに、お津賀は丁を繰（く）る。

眺めていると、軀の芯（しん）が妖しくうるおって血の流れが速くなるのを感じる。

兄の絵は、決して上手ではないと、お津賀は認めざるを得ない。お津賀の素人目にも、歌麿や北斎の流麗な女にくらべて、ぎごちない。顔は英山（えいざん）をまねたおっとりした瓜実顔（うりざねがお）、湯文字（ゆもじ）のちりちりした描線は北斎をひきうつしている。顔が不釣合に大きく、胴が寸づまりで、この女が立ち上がったら、乳房のすぐ下から肢（あし）が生えわかれたような奇妙な恰好になることだろう。

それにもかかわらず、兄の絵から、何か強く迫ってくるものを、お津賀は感じる。

お津賀たちの亡母は、いささか軀のだらしない女だった。着物の着方もゆるく、暑いときなど、上半身肌ぬぎになって団扇をつかい、他人の目があっても、あまり恥ずかしがらなかった。お津賀は、母のだらしなさがいやでならなかった。わたしは、あんなふうにはなるまい、と思い、淫（みだ）らごとは避けてきた。

兄の艶本も、持っていると他人に知られるのも恥ずかしいのだけれど、誰もいないところでは、ひろげずにはいられない。

しかし、二丁めの絵は、一度見て以来、つとめて、見ないようにしている。若い男が、眉を落とした年増の女を相手にしての濡れ場で、お津賀はそれを一目見たとき、年増の女に母の顔を重ねてしまった。見まいと思うのだけれど、つい、何度かたしかめ、錯覚ではない、面差しが似かよっている、といやいやながら、思う。

三丁めをめくる。女の乳首を喰わえた男の手が、秘処にのびている。溢れこぼれる悦びの露に、摺師は金色を加えている。

えたいの知れぬじれったさが、軀の芯に溜まる。

本を伏せ、お津賀は、棹をかまえる手つきをし、右手の撥で絃を弾いた。

思いきり撥を叩きつけ烈しく弾ききったら、胸がすくだろうか。三味線は、ここに来る前に売り払った。屑のような値だった。かくべつ名器ではないのだから当然だけれど、値は屑のような棹でも、いま手もとにあればどれほど慰めになることだろう。

寄り人になったら、じゃらじゃらと音曲をたのしむような贅沢はさせられないと里親に言われ、手放した。

お津賀の軀の中で、絃は、哀切な、激越な、音を奏でる。

兄の絵がかきたてた血を、絃の音は更に騒がせる。

3

寝返りを打つと、人の肌に手が触れた。女を買った記憶がなかった。深い酔いのなかで、記憶が空白になっている。寝息が耳についた。女のやわらかな寝息ではない。荒い息を、無骨な屈曲した鼻孔から吐き出す音だ。

越前屋長次郎の住む長屋に居を移したのだった、昨日……と、思い出した。引越し祝いだと長次郎の住まいで飲み、眠りこけた。どうりで夜着もかぶっていない。

「やめた方が……」

為五郎は、そう言ったのだった。

「善次、おまえの一人ぐらい居候させておくのは、いっこう……」

語尾をはっきり言わないのは、為五郎の癖だ。

「書肆(ふみや)をはじめるから手を貸してくれと、頭ァ下げられたのだ。悪い気はしねえ」

彼の口調は少し強くなった。

青林堂から発市(うりだ)したという洒落本を二つ三つ、長次郎からみせられている。

悪彫りだ、わかっているわな、と長次郎は弁解がましく言い添えたのだった。

濁点は二つに彫りわけられず一つにかたまったまま、つけ仮名は落ち入木(いれき)もないというひどい彫りだった。かねの払いが悪いから、まともな彫師は相手にしないのだろうと、彼は察したのだった。

「善次、あまり山っ気のあることには手を出すなよ」

荷をまとめている彼に、為五郎は、またぽつんと声を投げる。

彼は、手もとに目を落としたまま、うなずいた。しかし、心のなかでは、

――おれは、為さんのように道楽半分で絵を描いているわけじゃねえんだ。

と、反撥していた。

――山っ気がなくちゃあ、一生埋もれたままだ。

山っ気のない温厚な為五郎は、決して無名ではなかった。それどころか、歌麿の没後、近頃では、役者絵は豊国、美人絵は英山、ともてはやされている。『菊川英山』は、為五郎の画号である。

四歳年上の為五郎と、彼は幼いころからつきあいがあった。

彼は赤坂星ヶ岡、為五郎は四谷箪笥町と、住まいは離れているから、ふだんの遊び仲間というわけではなかったが、彼の父の生家の菩提寺が、四谷箪笥町にあったのである。為五郎の父の家業は造り花屋であった。

彼は、幼いころから、菩提寺『福寿院』に父に伴われた。その参詣は、何か秘密めかした翳を帯びていた。

父は池田家から松本家に養子に入った身である。生家の祖先の菩提を弔うのは、養家の手前憚りがあったのだろう。

しかし、父はまた、松本家の家督は、自分の死後は息子にゆかず、松本家の実子に還

さねばならぬことを承知していたから、彼を生家の菩提寺にしばしば伴ったのであろうと、彼は今推測する。

墓参の後、父は必ず、寺のすぐ傍の『近江屋（おうみや）』という造り花屋に立ち寄った。店の主（あるじ）が父の好い碁敵であり、墓参にかこつけて烏鷺（うろ）を戦わすのが、父の大きなたのしみであった。

勝負の決着がつくのを待つあいだ、彼自身のたのしみは、その家の息子為五郎と遊ぶことであった。四歳の年の差は、幼いものにはずいぶん大きかった。

彼は六つの年から狩野派の絵を学んだのだが、この点でも、為五郎は彼にまさっていた。

為五郎の父は、家業のかたわら、余技に狩野派の絵を修め、浮世絵も描く。為五郎は父について、狩野派、浮世絵、両方を修得していた。

わたしが描いたのだよ。

為五郎は、歌麿ばりの美人画を自慢げに見せた。肉筆で、彩色したものである。

木板で摺った錦絵は、彼も見なれていたけれど、肉筆のそれは、たいそうなまめかしく、彼の目にうつった。

狩野派の絵師の間では、浮世絵はさげすまれており、浮世絵師など絵師とは認めぬといった風が、ことに、彼の師とその一門の間には強かったが、狩野派の行儀のよい花鳥風月の絵より、女の姿態をうつした為五郎の絵の方が、彼には、はるかに親しみやすく魅力のあるものに思えた。

人の姿をうつしとるのが、なぜこれほど興深いのか。天性与えられた好みか。彩管など、まるで興味はないという者の方が、数にしたら、はるかに多い。

彼の父は、浮世絵を卑しめており、彼が興味を持つのをよろこばなかった。父が碁を打つ間に、こっそり、為五郎の絵を粉本に、美人の姿を描きはじめた。

後には、父に伴われなくても、一人で訪れるようになった。

お栄と知り合ったのは、彼が十三の夏である。

為五郎の住まいの近くに、北斎の弟子の北渓という男がおり、為五郎と親しくしていた。

北斎の名は、為五郎についてたどたどしく浮世絵を学びはじめた善次郎には眩ゆかった。

「これから、北斎先生のところに所用で行くんだが」

連れていってやろうか、と、北渓が誘った。常々、善次郎が、北斎の絵への憧憬を口にしていたからだろう。

おそるおそる、そうして飛び立つ思いで、彼は北渓に従った。

本所の北斎の住まいに足を踏み入れ、彼は唖然とした。画狂人北斎と号し、黄表紙や洒落本、狂歌本の挿画、おびただしい摺物。豊国と天下を二分する北斎の住まいである。重々しいたたずまいを予想していた。

裏長屋の一つを、北斎は間借していた。家族は本宅におき、ここを画室にして一人で寝泊まりしているのであった。

彼が驚いたのは、画室の、凄まじい汚なさである。煮炊きをするものがいないからだろう、煮売屋で買った食物の竹の皮包みの残骸が、土間にうずたかく積もっている。畳の目も見えぬほど反故が散っている。

北斎は留守だった。乱雑をきわめた画室は、彼に強い感銘と共感を与えた。絵を描く以外のことは、いっさい、北斎先生にはどうでもいいことなんだな。その無頓着ぶり脱俗ぶりが、彼には、すばらしいものに思えた。

そのとき、色の浅黒い女の子が、彼と北渓を押しのけるようにして土間に入ってきた。竹の皮包みやらごみやらの山を平気で踏みつけ、邪魔なものは足先でかた寄せる女の子に、「お栄さん」と、北渓が呼びかけた。

会えば悪口を叩きあう、気のおけない親しい仲になったが、お栄に彼は女を感じたことはなかった。

しかし、彼もお栄ももともども十五になった春、お栄が嫁に行ったとき、彼は、お栄に裏切られたような妙な気がした。お栄は、嫁になどいかぬものと、なぜか思いこんでいたのである。お栄の相手は、十幾つか年上の絵師であった。

その年は、彼がはじめて女の軀を知った年でもあった。

庭先に盥をおいて継母が行水するのを、彼は、見まいとしながら視線が惹き寄せられるのをとめられないでいた。白い肌の下にうっすらと脂がのった継母は、彼がすでに性を意識する年であることに、いっこう無頓着であった。衝立をまわして、外からの目は辛うじて防いでいるけれど、家の中からは丸見えなのである。片腕をあげ、乳房から腋の下を手拭いでゆっくり流している継母の、その胸乳に、青葉が翳をおとしていた。

お津賀は稽古に出、おたまとおりよは、母の傍で水をはねかえして遊んでいた。彼は継母の姿を画帖にうつしはじめた。継母は彼に目を向け、微笑した。彼は画帖を放り出し、外に走り出た。危い岐路であった。彼の足は、継母の裸体に向かって猛々しく走り寄ったかもしれない一瞬だった。

彼はその足で、近所の後家の家に走りこんだ。前々から、彼に誘いをかけていた女であった。

その直後から、女郎買いをおぼえ、芝居小屋に出入りするようになった。お栄は、一年たらずで別れ、実家に帰ってきた。あんな下手くそな絵を描くやつの世話ができるか、とお栄は笑っていた。

お栄は父の絵を巧みに模写し、時には代りもするようになり、彼は、更にそのまねをした。

父を失ない、彼が生活に窮しているとき、かねになる枕絵や艶本の仕事を、お栄や北斎たちはまわしてくれた。

それが、仕官先の水野家を追われる原因になりもしたのだったが。

為五郎は、北渓と親しいところから北斎の影響も多少は受けているけれど、むしろ歌麿の豊麗な画風を好み、その感化を受けていた。豊国にはずいぶんかわいがられ、豊国の方がはるかに年長なのだけれど、共に席画に出たりしている。しかし、為五郎は、歌川の弟子にはならず、ささやかではあるが菊川の一派をたてている。彼が英泉を名乗るのも、為五郎の『菊川英山』の一字を継いでのことである。

為五郎のもとに居候していれば、当座食べるのに困らないし、そこそこの仕事はある。しかし、彼には、為五郎の絵も暮らしぶりも、なまぬる過ぎた。

書肆（ふみや）の経営に力を貸してくれという越前屋長次郎の誘いは、彼を惹きつける力があった。

不安は大きい。

長次郎の青林堂は、まったく無名の、弱小な書肆である。名のある大家は出板させてくれない。しかし、だからこそ、彼のような名もないものが作品を世に問うこともできるというものだ。大きい有力な板元は、素人同然の彼など、目もくれなかった。

彼のもう一つの不安は、己れにはたして群を抜いた才能があるのか、ということであった。

見よう見まねで、ある程度までは、少し器用なものなら、容易に達せられる。更に、そこから突き抜けられるだろうか。

洒落本から読本（よみほん）に転じた京伝、読本の種彦、馬琴、世相を活写する三馬、と、仰ぎ見るような華麗な才筆の作品が、彼の前にそそり立っている。

そうして、浮世絵にはまた、北斎という恐ろしい壁が立ち聳（そび）えていた。

世にときめく歌川派の豊国には、彼は、それほどの畏怖はおぼえなかった。あそこまでなら、行ける、と思う。しかし、北斎は恐ろしかった。

ここ七、八年、北斎は読本の挿画を精力的に描いていたが、先年、ふいに旅に出て、一年近く帰らなかった。家族の柵（しがらみ）やら何やらわずらわしいものを一切断ち切って、画境三昧（ざんまい）の旅であった。名古屋に半年ほど滞在し、目につくあらゆるものを描きとめていたようだ。

江戸に戻ってくると、板元が待ちかまえていた。

艶本、枕絵を求めたがる人は多いのに、歌川派は、豊国の戒めがあって手控えている。ぜひとも北斎先生に、と板元の勧めは執拗（しつよう）であった。

北斎一人ではまにあわず、父の手法をよく身につけたお栄が幾つかは代作し、お栄に命じられて彼も手伝った。粉本は北斎の下絵である。それまでにも、彼は北斎を手本に学んできていた。他の弟子たちより、北斎の描き癖をのみこんでいるつもりであった。

それでも、彼は、北斎の弟子となって英泉の名を捨て〝北〟の一字を貰うことはしなかった。北斎の弟子は数多い。綺羅（きら）、星をつらねるという成句のとおりだ。豊国率いる歌川派と伯仲する二大勢力である。北斎の弟子となれば、大勢の兄弟子に頭を押さえられ、群星の一とならざるを得ない。菊川を名乗り、英泉の名を捨てないのは、彼のささやかな意地であり、英山への情(じょう)であった。穏やかな英山も、父から継いだ菊川の名を保持する意地は持っている。

お栄と共に描き北斎の名で発市(うりだ)した艶本は好評であったが、今年、北斎が自ら描いた『喜能会之故真通(きのえのこまつ)』に、彼は、痛棒を喰(くら)ったような衝撃を受けた。

発想の大胆さに茫然としたのである。

彼を打ちのめしたのは、その中の一枚、蛸(たこ)と女が媾合(こうごう)している大胆きわまりない図柄であった。

前にも、蛸と女を素材にしたものがなかったわけではない。重政や春潮(しゅんちょう)も描いている。

しかし、これほど妖美な、怪異な、陶酔感を与えるものではなかった。

全裸の海女(あま)を仰向けに大蛸が押さえこみ、その尖(とが)った口は女の秘しどころを吸い、女の口は小蛸に吸われている。吸盤のついた脚は乳房を抱き乳首を締め、のどに這(は)い、女は恍惚と失神しかけながら、その手は大蛸の脚を握りしめている。

艶本、枕絵の発市(うりだし)を待ち望んでいた人々は、熱狂的に迎え入れた。

一方、旅の間に描きためた写生画を、名古屋の板元『永楽堂』が『北斎漫画』と題して開板し、江戸、京都、大坂、三都でいっせいに売り出した。広告(ひろめ)の文句に、〝興に乗じ心にまかせてさまざまの図をうつす〟とあるように、人物、草木、山川、鳥獣、魚、虫、執拗なほどに描きつくされ、これも大評判をとっている。

叶わねえ、と、彼は一足踏み出す前から己れの無力を思い知らされた。

そう、お栄に呟くと、お栄は笑いとばした。

年季が違うわ。親父さまは、おまえが生まれるより十年も前から、絵筆をとっている。おまえはかけ出しのひよこじゃねえか。叶わねえと思うのさえもおこがましいわ。

年季だけではねえわ、と彼は口答えした。

かくべつ女好きってふうでもねえ先生が……。

女にかけちゃあ、おめえの方が、親父さまより年季が入っているだろう。ずぶずぶの入り浸りじゃねえか。それでいて、どうしてああも枕絵が下手くそなんだ。

抱きながらでは、抱いた姿は見えねえわ。

違えねえのまん中だ、とお栄は笑い、うしろも買うってな、とつづけた。

葭町は高いので、代地や花房町あたりの安いところに行く。蔭間の、くずれた、それでいて初々しさの匂う色気は、女郎とは違った魅力があった。——北斎先生は、蔭間どころか、蛸だ。恐れいりまめ山椒味噌、妙で有馬の人形筆。気負いと懼れを、彼は地口にまぎらせたのだった……。

くっ、と長次郎の鼾がきこえた。

4

好きな酒をばやめろじゃないが、と潮来のひとふしをふと口にのせ、

「茶碗酒をばやめさんせ、と、このくらい情の深えことを言ってみやな」

「深酒は毒だからおやめなせえしと、いつもしみじみ意見しているじゃあごぜせんか。少しも聞きなさらねえ。それとも、わたいが助けようか」

口をつけようとした茶碗に、横から女は顔を寄せた。

「あれ、こぼれるよ。ぶまだねえ」

彼の唇のはしから溢れ流れた酒を、女は舌の先で舐めとる。緋縮緬の襦袢に白ねりの半衿、二重どんすの帯は半ば解けかけている。

「こん中、少しも来なさらねえの。土橋か裾継にくらがえしなさったか」

膝をつねるのを相手にせず、彼は隣り座敷の気配に耳をすませた。すでに床入りがはじまったらしく、長次郎の荒い息づかいがつたわる。彼は間の襖を細めに開けた。

「あれ、およしよ」

「灯イ、もうちっと掻きたててくれ」

静かに襖を開け放す。長次郎が敵娼におおいかぶさっている。彼は行灯を二人の方に寄せた。

「脱ぎな」

女に小声で命じながら、自分も着物を脱ぎ捨て下帯をはずした。懐におさめてある画帖が畳に落ちた。女郎はめったに客に全裸はさらさないけれど、お千代というその女は、すなおに帯を解き襦袢を肩から落とした。

女の腕をとり、背後から抱きつかせ、その手を、あぐらをかいた股間に導いた。女のやさしい手がそこにあると、彼は何かやすらぐ。

矢立をとり、画帖に、長次郎と敵娼の姿をうつしはじめると、長次郎は横目を向けた。

「わっちゃ、いやだよう」

長次郎の腹の下で、女が不平がましい声を出した。

「何、この方が、乙というものだ」

長次郎は女をおさえつける。

「もうちっと、見えるように足を開かせな」

「あれ、いやだというに」

「こっちも、味な気になってきた」

彼は画帖を放り出し、女を抱きこんだまま身を倒した。

長次郎は敵娼の腰を太腿でしめつけたまま、彼に押し伏せられたお千代の腕に目をやり、

「何と、この女の腕ァ、卵塔場だ。見や。戒名をずらりと彫っていやがる」

客への心中立てに、相手の名を彫ったり焼き消したり、お千代の腕は無惨だった。

「此方の名も彫ろうか」

お千代は、えくぼをみせて言う。

「おれァ死人めらといっしょに扱われるなァ不承知だから、朱を入れて逆修にしよう。針と朱墨ィ持ってきな。蒲団針の十四、五本もひっくくって、むしゃりむしゃりつついてやろう。あれ、見や。くにさだ、とある。おめえ、五渡亭のなじみか」

長次郎の言葉に、彼は、お千代の腕を見なおした。

「まだ焼き消してはねえの。国貞がおめえの新いろか」

長次郎は、からかい半分に責める。

そのとき、「ええ、ぞんぜえな。廊下が酒だらけだ」舌打ちといっしょに女の声がし、足音が廊下を近づいてきて、

「お千代さん、ちょいと」

障子のかげから呼んだ。

廊下に出て、廻し方の女と二言三言かわし、座敷に戻ってきたお千代に、

「何だ、何だ」

と長次郎は絡んだ。

「五渡亭がどうとか、廻しが話していたな。なじみの国貞が、おめえを貰い引きにしようというのか。かたじけなくも、善さんのお呼びなすったあまっちょを、横からさらわ

れちゃあ、おもしろくねえ」

「何だねえ、話の先廻りをして。わたいが実をつくすのは、善さんばかりさ。善さんは、ほれ、笑っていなはるに、長さん、おまはんが横から騒ぐこたァごぜせんよ」

「まんざら、笑ってもいねえ」

と、彼もおもしろずくで絡みはじめる。

「おれに実をつくす気があるなら、なぜ、国貞が名を腕に彫った」

「それだって、おまえ、庄さんには、初仕舞(はっしまい)を頼まざあならねかったし」

庄蔵というのが、五渡亭国貞の本名である。庄さんと親しげに呼ぶからには、本いろなのかと、彼は、冗談のつもりがきりきりと妬(や)けてきた。

「善次やおれじゃあ、相談してもしょせんかねはできねえと、みくびりやがったか。ほんのこったが、朝は大島町のむきみ売りの出端(では)をきっかけ、日が暮れれば魚の篝(かがり)といっしょに一年三百六十日、内に寝る夜を遊びと心得、夜着の半衿の天鵞絨(びろうど)擦れに首筋をいため、けつの先へ猪牙(ちょき)胼胝(だこ)のいった男だ。これほどにつき合うても心意気はのみこめねえか。こんなに安く見られちゃあ、なお、この腹がお坐(すわ)んなさらねえ」

長次郎の悪態は、あいかわらず、三馬の洒落本の盗用だ。

「よくまあ、いけ図々(ふさふさ)しく、他人(ひと)さまのせりふでおだを上げやがる」

声と共に障子が開いて、敷居ぎわに突っ立った男が、入ってきた。

数多い豊国の弟子の中でもっとも人気の高い、五渡亭国貞であった。彼より四つ年長の男ざかりで、みてくれもいいから、色里ではよくもてる。相惚れで世帯を持った女房がおり、腕にその女房の名を彫っているほどなのだが、遊里がよいも烈しく、彼は時々同じ見世で見かけることがあった。

歌右衛門の似顔絵を描いて大評判をとり、役者絵の国貞として売り出したのが六年前、国貞が二十三のときだ。現在の彼より若かった。しかも、その年、三馬の合巻の挿画を描き、これも大当たりで、その後今に至るまで、おびただしい挿画を描くとともに、美人画でも名をあげ、一昨年の戯作者浮世絵師見出番付では、関脇に位置づけられた。彼は、まだ前頭にも名がのらぬ。

「こう、お千代、頼みもしねえに俺が名を彫ってくれたは、初仕舞のかねを出させた義理合か。かねを騙しとったその後は、舌ァ出して、貧乏の情人としんねこか」

ちょっと凄んでみせ、

「と、まあ、野暮を言うつもりも、実ァ、ねえのさ。ちっと、仲間にいれてもらうぜ」

国貞はあぐらをかいた。

「これはどうも。五渡亭国貞さまの御入来とは光栄しごく」

「おめえだな、悪彫りの青林堂というのは」

長次郎は幇間のように額を叩いて恐れ入ってみせた。

畳の上の画帖に目を投げ、国貞は、

「こう、お千代、おめえ絵心があったっけかな」

「あれ、それは」

「おめえでなければ、青林堂か。素人の手すさびにしても、ひでえ代物（しろもの）だ」

善次郎は全身が熱くなった。国貞は明らかに、彼が描いたと承知で、皮肉っている。

「こう、悪彫り。せっかく銭ィ払って妓（おんな）を呼んでいるのだ。下手な絵を描いている暇があったら、二度、三度、妓に泣き音（ね）をあげさせた方が得だろうによ」

「五渡亭さん、江戸っ子のようでもねえ。そんな銭勘定で」

長次郎が言いかけるのを無視し、国貞はお千代の手をとって、すいと立ち上がった。

「五渡亭さん」

善次郎は、呼びとめた。

「その絵は、わたしが描いた。素人の手すさびと言われては、黙ってひっこむわけにはいかない」

「はて、おまえさん、絵師かい」

「菊川英泉」

「聞かねえの。菊川派か」

「英山を師と」

「おっと。師匠の名を出しちゃあ、師匠が気の毒だぜ。ろくな技倆（うで）も持たねえやつが、いっぱしの絵師面（づら）で、妓にもてようって肚（はら）が、いやだねえ」

「何」

彼は腰を浮かしたが、下帯もはずした丸裸なのだ。一瞬ためらったその隙に、国貞は、お千代の手をひいて座敷を出て行った。

「待ちやがれ」

追おうとする彼の腰に、長次郎が抱きついた。

「善さん、褌（ふんどし）しめねえで喧嘩はまずいや」

画帖の上にこぼれた酒が、抱き合う女と男を滲ませていた。

5

背戸の柿の実は漆をかけたようだ。

昏（くら）みを帯びるほど青い空の下で物の影が地上に濃い。

「えて勝手もたいがいにしてもらうよ。今まであずけっ放しにしておいて」

里親の女房の声が家の外にいるお津賀の耳に届く。男の声は低くてよく聞きとれない。

兄の使いでお津賀を迎えに来たということはわかっている。

背戸で大根を干しているお津賀に、その男は、

「つかぬことを聞くが、おまえさん、善次郎さんの妹のお津賀さんかい」

と訊ねたのだった。

お津賀がうなずくと、泥で汚れたお津賀の手を臆面もなく握り、

「撥胼胝がやわらかくなっちまってるな」

と、笑顔を向けた。

顎が長く、右の瞼が垂れ、その上眸の焦点が少しずれた眇である。ずいぶん醜男だが、お津賀は気のおけない親しさを、この初顔の男に感じた。

「遠目で、善次さんの妹と見抜いたよ。よく似ている。善次さんも美い男だが、おまえさんも弁天だ」

ぬけぬけと世辞を言い、

「善次郎の殿よりの御使者でござる」

と武張って、お津賀を笑わせた。

「おまえさん、こんなに手を荒らしちゃあいけねえよ」

握った手にちょっと力がこもったので、お津賀はそっと引き抜いた。何だか、ひどく暖いことを言われたような気がした。

「あたしは、書肆の長次郎といってね、目下、善次さんにも洒落本を書いてもらっています。正月の発市にまにあわせようと、善次さんも大童だよ。善次さんは筆が立つし画も描く。あと、二、三年もしてごらんな。京伝そこのけだよ。いや、嬉しがらせで言っているのではありませんよ。それで、今日は、おまえさんを迎えに来たのさ。あたしが知合いの師匠にちょいと口をきいてね、おまえさんを内弟子に……清元だよ、清元というのは、まだ、こっちまでは話がとおっていねえかな、富本からわかれた……」

長次郎は説明しかけ、三味線を弾く身ぶりをしてみせた。そうして、お津賀が何と答える暇もないうちに、「はい、ごめんよ」と土間に入っていった。

「善次さんも、此方(こんた)には重々世話になったと、礼をつくして手紙にしたためているじゃござんせんか」

長次郎という男の声が、外にいるお津賀にも聞きとれるほど高くなった。

「しかし、おまえさん、これまで我が娘同然にかわいがって育ててきたものを、手紙一本で、はいと手放すわけにはいかないね」

里親が不承知なのは、欲がらみ、お津賀たちを手放せば養育料が入らなくなるからだ。

お津賀はすぐにそう悟り、家に入った。

土間につづく炉を切った板の間で、里親夫婦と長次郎が向かいあっている。おりよは下働きの女たちに混って芋の皮を剥(む)いていた。

「長次郎さん、お迎えありがとうございます。すぐに支度(したく)をしますから、ちょっと待っていてください」

「お津賀、おまえ、何を……」

「おりよ」とお津賀は呼び立てた。

「おまえも、身のまわりのものをまとめるんだよ。兄さんのところに帰るんだから」

あ、と、長次郎は少し慌てたようにお津賀を見た。しかし、それ以上、何も言わず、お津賀とおりよが身支度するのを待った。里親も、抗議はあきらめたようだ。むりに止めたりすれば、お津賀の口から、かねだけとってどんな扱いをしてきたか暴露されると思ったからだろう。

「おたまのいる家はこっちです」

風呂敷包みを背にはすかいにしょったお津賀が、三叉路（さんさろ）のところで立ち止まり、そう言うと、長次郎は、

「もう一人いたんだっけな」

困り果てた顔をした。

「実は……」と、長次郎はおりよに目を走らせ、

「こういうわけなんだ。以前、あたしが清元の師匠を知っていると善次さんに話したら、妹を内弟子にしてもらえないだろうかと言われた。おまえさんのことさね、お津賀さん。それで、あたしが師匠に話をもっていった。話はすぐには進まなかったんだが、ここへきて急に、それまでいたのが世帯を持つといって出ていったから、一人置きたいということになった。師匠の方じゃいそいでいる。ぐずぐずしていると、ほかのを内弟子に入れてしまうかもしれない。ところが、肝腎の善次さんが、二、三日前からふいと家をあけちまって帰ってこねえ。女郎屋でいつづけでもしているんだろうか、なじみのところをあたったが、お姿が見えずだ。まあ、悪い話じゃねえ、前から善次さんにも頼まれていたことだからと、あたしが一存で、おまえさんを迎えに来た。手紙かい、あれは、あ

たしが善さんの名でね、ちょいと一筆……。その小さいのを、むげに置き去りにはできねえと事情がのみこめたから、まあ、何とかなるだろうと……しかし、もう一人いたんだっけな。三人いると聞いてはいたんだが。やはり、連れていかぬと具合が悪いかえ」

「おたま一人残してゆくわけには……。すみません。いっしょに連れていってやっておくんなさい。おたまも、もう十四だ、江戸に帰ってからあらためて、奉公もできます。いまのところにいたのでは、こき使われるばっかりで、給金ももらえない」

お津賀が頼みこむ間、おりよは不安げに、お津賀の袂（たもと）にしがみついていた。

「なに、桶（おけ）ァ空（から）だから汚かァねえ」

船頭は言った。

岸を離れようとしている舟に気づき、どこまで行くのかと長次郎が問うと、本所（ほんじょ）だ、と船頭は答えたのである。

流れはやがて大川に続く。舟で下れば歩くよりはるかに楽だし、早い。

本所まで行くと聞いて、長次郎はほくほくしてお津賀たち三人をせきたて、乗りこんだのだが、とたんに鼻をひくつかせ、顔をしかめた。

くさい、くさい、と長次郎が騒ぎ出したときには、船頭の棹が土手を突き、舟はすでに流れにのっていた。

江戸の肥（こえ）をあげに行く肥舟であった。

「帰りなら、ちっとべえ、肥がはねもするが、まァだ空だ」

お津賀は、肥のにおいには馴れてしまっていた。畑に肥を撒くのも課せられた仕事の一つだった。

「東は大川、西は四谷大木戸、南は品川大木戸、北は神田川」

と長次郎は宙に指で境界を描き、

「その外に三里踏み出したら、むしょうに田舎だの。こう、お津賀さん、勘当許りて二人が、江戸に帰るという景色だの。あたしは大店の若旦那。おまえさんは深川の板頭（一番の売れっ妓）。わたしがおまえにいれあげてさ、店のかねは使いこむわ、いつづけで家には帰らねえわ、とどのつまりが心中をもちかける。するてえと、おまえが、あれ、若旦那、おまはんを死なせてなるものか」

調子よく喋るのを、だれも身をいれて聞いていなかった。わたしたちは話に出てこないじゃないかと抗議するほどの興味も持たぬらしく、おたまもおりよも黙りこんでいる。突然境遇が変ることになって、喜ぶより、まだ面くらっているのだろうと、お津賀は思った。

「いまは秋だが、勘当許りて江戸に帰る幕は、春が好いの。心中するかわりに、駈落ちしたのだ。道行は、雪の降りしきる侘しい景色にして、と」

橋場、今戸、花川戸、駒形と下るにつれ、舟の往き来が繁くなる。

両国橋のあたりで肥舟を下り、長次郎は袖のにおいを嗅いだ。橋町は、ほんの三、四丁先である。

長屋の木戸の右の羽目板には、観易の絵看板がかかり、左側には、『御縁談御世話仕候　男女御奉公人口入所』と記した、これは桂庵の看板である。

木戸の上部には、『紙くづ拾ひ、物もらひ、木ひろひ一切入るべからず。損料貸、日なし貸、此方へ断りなく貸借無用のこと』と記した大家の条目と、大長屋の住人の広告看板がずらりと並んでいる。『尺八指南だれそれ』とか、『本道外科何々斎』とか、『江戸　御町使　近在郷』と記した飛脚の看板とか、共同井戸のあることを示す井桁のしるしなどの間に『青林堂』とあるのを、

「あれが、あたしさ」

と、長次郎はいささか得意げに指した。

その二つ隣りに、『菊川英泉』の名もかかげられてあり、お津賀は墨色のまだ新しい文字に見入った。

「兄さんだ」

と、おりよも見上げた。

「おや、このおちゃっぴいは、四角い文字を読むの」

長次郎が感心してみせたが、おりよは無視した。

「鳥羽の港に船が着く」と女のしゃがれた唄声が路地の奥から近づいて来て、丸めた頭に黒い頭巾をのせた唄比丘尼が、木戸をくぐり出た。鼠木綿の袷に黒繻子の前帯、小脇

にかかえた黒塗りの箱は、熊野牛王の札を入れてある。本業の色売るときは、これが枕のかわりになる。その後を、ぼろを着た子供が数人、ついて歩き、

「今朝の追風に宝の舟が」と、哀れっぽい甲高い声を合わせる。子供たちはたいがい、さらわれてきたもので、唄比丘尼の物乞い商売を手伝わされている。子供を使った方が、貰いが多い。姿は比丘尼だけれど、昼は乞食、夜は色を売る唄比丘尼は、江戸の町に多い。近在の田舎にも廻ってくる。

四十がらみの唄比丘尼は、長次郎に流し目をくれ、おりよにちょっと凄みのある目を向け、遠ざかった。お津賀は、思わずおりよを抱き寄せた。

「この貧乏長屋に物乞いに来ても無駄足だ」

と、長次郎は笑った。

「しじゅう、来るのかい」

おりよが、少し怯えたように訊く。

「神田のめった町や橋本町、両国界隈、あちらこちらに、唄比丘尼の巣がある。おめえ、さらわれねえように気をつけなよ」

長次郎は面白がって脅しつけた。

まん中にどぶの通った細い路地の両側に、油障子を閉てた長屋が並ぶ。

家の前の床几につくねんと背を丸めた老婆が歯の抜けた口で、「よう、よう」と娘三人をひき連れた長次郎を冷やかした。

「へん、色男には誰がなるッ」

　長次郎は肩をそびやかし、少し離れてから、

「あの婆さんは、あれで、昔は吉原（なか）のお職だよ。いまはひめ糊（のり）売りだ。金棒引（かなぼうひ）きだから気をつけな」

　と小声で教え、

「ここだ」

　と、油障子の前で立ち止まった。

「善さん、帰っているかい」

　長次郎が障子戸をひき開けるのももどかしく、お津賀は横から手を添えた。

　色の浅黒い女が、赤茶けた畳に立膝（たてひざ）で、草紙本を見ていた。

「おや、お栄さん、善さんはまだ帰ってこねえのかい」

「善次ァどけェ行ってるんだ」

　女が訊（たず）ねかえした。

「善次さんの妹だよ」と長次郎は三人の背を押すようにし、

「北斎先生の名は知っているだろう。先生の娘さんのお栄さんだ」

　と、お津賀に教えた。

「入（へ）えんな」

　そっけなく、お栄は顎で指図する。

「おめえらの兄さんの家だ。おれに遠慮することァねえわ。おれも客だ」

「はて、困ったものだ」

急にがったりと疲れが出たような顔に、長次郎は、なった。

「善さんがいねえでは、この三人を、さてどうしたものか」

「おっつけ、戻ってくるだろう」

「それが、ふいと出ていったきり、これで二日、いや、三日だ。どこで飲んだくれているのやら」

「おめえがこんな仕事をするから、善次もてえげえ嫌気（いやけ）がさすわな。ひでえ彫りだ」

「あたしが彫ったわけじゃない」

「素人筆耕（しろうとひっこう）悪彫工で、青林堂の名も人の口の端（は）にのぼるようになったの」

お栄はずけずけ言う。

「おめえも善次のためにゃあならねえ板元だの」

「いかにも、さよう」と、長次郎はおどけた。

「安彫工の悪彫りは百も承知だが、彫らねばもうける工面がつかずさ。作者はの、言いたい放題、筆道（つめ）が長いの短いの、書く気にならぬの、のりがねえのと吐（ぬ）かしながら、筆料は悪高く、製本（しくみ）の時節も発市（うりだし）も、とんじゃくなしにひきずり餅、松竹売りの声さえ枯れる大晦日（おおつごもり）まで種本催促、これで渡世がなるものか、と嘆きたくなるのが板元だわ。柳亭先生も式亭先生も、お頼み申せど茶化して相手にしてくれず」

「それで古板を買ってきちゃあ、かってに彫り加えたり削ったり、新板めかして発市しやがって」

「さよう、さよう、やつがれは、古板表題替、悪彫工の板元、青林堂長次郎にござ候。ときに、おりよ坊、腹が減ったろう。ついそこの並びに煮売り屋がある。そこにある平椀を持ってな、湯豆腐でも買ってきな。紅葉おろしをかけると、まんざらでもねえ。大根と唐辛子も忘れずにな。おたまちゃん、おめえ、ご足労だが、いっしょに行ってやりな。銭か。銭ァ青林堂のおごりだ。ほいよ」

「たかが一人頭八文の湯豆腐で、おごってやるもすさまじいや」

お栄が苦笑いした。

二人が出て行くと、

「実は、お栄さん」

と、長次郎は坐り直した。

「銭の無心なら、無えよ」

「低く見られたものだ。銭の話じゃあねえが、あの二人、どうしたらよかろうの。二人の前じゃあ言えねえんで、使いに出した」

「連れてきて、どうしたらよかろうもねえもんだ。善次が世話ァするだろう。そのつもりで、おめえに連れてこさせたのだろう」

「いや、善次さんはまだ知らねえことだ」

「おめえがかってに連れてきたのか。それなら、おめえが世話してやりな」

「わたしが何とかします」

お津賀が口を出すと、

「何とかしますったって、おめえは延喜代師匠んとけェ内弟子に入る身だ」

「そういうことか」と、お栄は事情をのみこんだ様子だ。

「中のァ、どこでも働き口があるだろう。桂庵がそこだ。案じるこたァありゃあしねえわ」

おたまとおりよが湯気のたつ平椀と大根をかかえて戻ってきたので、話はとぎれた。

「おれも招ばれよう」

お栄は腰をすえた。

「わたしは、お妾がいい」

奉公の話になると、おたまは言った。

6

芝金杉の河岸の喧騒は、明けの八ツ半（午前三時）ごろから始まる。日本橋にひけをとらぬ賑わいだ。

海からの風は肌を斬り、川べりには薄霜さえおりている。

無数の灯が、沖から河口に近寄ってくる。上総、下総、安房、伊豆、近くは新子安、生麦あたりの漁船が、生魚を満載し、先を争って漕ぎ集まるのだ。

川に舫った二十艘あまりの平田舟に、魚はまず揚げられる。平田舟は、桟橋の役目をする。

川沿いに納屋が立ち並び、水の上に一間幅に並べられて張り出した材木が通路を作り、幅三尺のあゆみ板が、通路から平田舟に斜めに架け渡されている。

小揚の若い衆が、平田舟の魚を天秤で運び上げる。吊橋のように、あゆみ板は上下左右に大きく揺れる。はずむあゆみ板に調子を合わせ、小揚は危げなく小走りに上る。

怒号に近い掛け声がゆきかう。

店先には、若い衆が板舟を並べ待ち受けている。運ばれてきた魚を手ぎわよく板舟に放り入れる。

幅一尺、長さ五、六尺、浅い縁で囲い薄い塩水をみたした板舟は、店先からのさばり出て、さして広くない道をいっそう狭めている。

そこに小売商人やら料亭の買出人やら鮨屋やら棒手振りやらが押し寄せ、ごった返し、値を競る大声が耳を聾する。

盤台や通い箱に買いとった魚を積み入れた大八車が、あらよッ、あらよッ、と威勢よく馳け抜ける。前棒、後押し、綱引き、三人がかりで、吐く息が白くたちのぼる。

朝がとびきり早いが、静まるのも早い。取引は四ツ（午前十時）ごろには終わって、四ツ半には河岸引けとなる。平田舟には空になった樽が逆さに積まれ、陽を浴びている。板舟も手鉤も、すべてとりかたづけられる。

昼過ぎ、夕河岸が立つが、朝河岸のような凄まじい熱気はない。夕河岸がひけると、再び、町並は静かになる。

二階の連子格子の間から、善次郎は深閑とした通りを見下ろす。

のびをし、欠伸をする。

畳には、書き損じた下絵が散っている。

陽が傾けば酒が恋しくなるのだが、飲んだくれている暇はないよと、魚問屋碇屋六兵衛に釘をさされている。

——まるで押し込めじゃあねえか。

碇屋六兵衛は、道楽半分に、錦絵の板行に手を出している。それも、公に店頭に並べることはできない春画ばかりである。大名屋敷などを得意先に持つ碇屋六兵衛は、春画を、まず配りものに使い、残りは地本問屋などを通じてひそかに売りさばいている。

「歌麿ふうに頼みますよ。英山先生に似せて描いてくれりゃあけっこうだ。英山さんの女は、おっとりとやさしくて、まことに申し分ない。歌麿にかわいがられただけのことはある。英山さんから頼まれたから、わたしもおまえさんには目をかけているのだよ」

歌麿や英山を粉本にして似せて描くのなら、さしてむずかしい仕事ではない。

しかし、彫りも摺りも手をかけて豪奢なものを作るという碇屋の話は、彼の、絵師としての欲をかきたてた。独自の画風を打ち樹てたい。正月の配りものにするのだから、もう板下絵ができあがって彫師の手に渡っていなければならないというのに、図柄も決まらない。大判で六枚組という注文である。趣向を凝らさねば、この錦絵で評判をとらねば、と意気込みばかりが空廻りする。長次郎にも、正月に出す艶本をせかされている。お栄からは北斎の仕事の手伝いをせっつかれる。

凧絵の注文も正月をひかえ大量に溜まっている。

こう並べたてれば、たいそうな人気絵師のようだけれど、世に名の出る仕事は一つもなかった。馬琴や種彦の読本の挿画などは無名の彼には廻ってこないのだ。

画料はごく安いから、数をこなさなくては暮らしがたちゆかない。いそげば、つい、歌麿のまねでお茶をにごすことになる。描きに描いても、炭を買う銭もなく、酒を満たした茶碗を夕方から燭台の上において燗をつけ、寝酒にしている。少しでもまとまった銭が入れば、深川で使い果たす。妹たちの里親への仕送りの分だけは、律義に初手からとりのけておいた。

碇屋の仕事にしても、彼の手にわたる画料はたかが知れている。安いかねでこき使えるという利点があるから、彼のような名も無い絵師にも仕事がまわってくる。

二、三日前から、彼は碇屋の二階に籠らされている。少しも筆が進まないのに業を煮やした碇屋が長屋に使いをよこし、彼を連れてこさせたのである。長次郎は出かけていて、知らせる暇もなかった。長次郎に話せば、こっちの仕事はどうしてくれると文句を言われる。彼としても青林堂の仕事をなおざりにはできない。お栄に命じられた仕事も放り出せない。そのあたりの事情を、碇屋は見越していた。

碇屋に連れ込んでしまえば、他の仕事に手間を割くわけにはいかなくなる。三度の食事をあてがわれ、たいそう結構なようだが、銚子は夕餉に一本つくだけだ。増上寺の暮六ツの鐘がかすかに聞こえ、彼は腰が落ちつかなくなった。女郎屋の見世張りが始まる時刻である。金杉から、吉原にはいささか遠いが、品川までなら一里足らずだ。

彼は格式ばった吉原よりは深川の方がはるかに性にあっている。品川は、東海道の親宿で、飯盛女をおくことを許されている。北に御殿山、南に海、江戸近郊ではたぐいない景勝の地なので、旗本だの諸侯の家中だの、身分のあるお歴々が、品川沖での網打ちとか川崎あたりへの遠乗りとか、理由をつけて、足繁く訪れる。大名の江戸留守居役や勘定方も、品川を外交の場として入り浸る。それゆえ、品川の妓は、私娼でありながら吉原の花魁に劣らぬ品格を持っている。

あまり見識ばった大見世は、彼には気づまりだし、懐にもあわない。

品川橋の向う、南品川は、橋手前の北品川にくらべ、だいぶ格が落ち、それだけに値も安く深川と同じように気楽に遊べる。

三年前、橋向うは大火を出し、三丁ほど全焼したが、忽(たちま)ち復興し、安普請だが木の香の新しい見世が並んだ。

下女が夕餉の膳をはこんできた。あてがいぶちの銚子が侘(わび)しく一本のっている。下女は手焙(てあぶ)りに炭をつぎ足し、行灯(あんどん)の芯(しん)を切って、書き損じの下絵に眼をやり、きゃあきゃあと嬉しそうな笑い声を立てた。

「酌(つ)いでおくれ」

彼は盃(さかずき)をとった。

酌(しゃく)は一盞(いっさん)だけ、あとは一人になって手酌だ。銚子はたちまち空になった。

外は風が冷たそうだ。衣桁(いこう)に六兵衛が貸してくれた黒縮緬(くろちりめん)の綿入れ羽織がかかっているのをとって肩にひっかけ、階下におりた。見咎(みとが)められぬよう勝手口から出ようと台所に廻ると、女乞食が土間に群がり、「おやんなさいやしな」と騒いでいた。「おくんなさいやし、おくんなさいやし、とらせてやってくださりやしな。大勢じゃあごぜえせん。この人数(にんじゅ)へくだされて、たった千両か二千両。一万両ともいりますまい。商売繁盛、御家内繁盛」

「お絵師の先生、ちょうどいい、追い払ってくださいよ」

下女に言われたのを幸いに、

「さあ、出た、出た、ごたくさ騒いでも、一文にもならねえよ」

追い立て追い立て、いっしょになって外に出た。

「何でえ」ぶつぶつ言いながら、女乞食の群れは、べこべこの三味線を鳴らし、次の家に押しかけてゆく。

ぬかるんだ土に、鱗が鈍く光っている。

彼は足を品川宿の方に向けようとし、提灯を持たずに出てしまったのに気づいた。

取りに戻るわけにもいかない。

この辺りに気軽に提灯を借りられるような親しい家は一つもないが、金杉橋を東に渡った新網町に顔見知りがいることを思い出した。

粂吉という若い男である。新網町は金杉同様魚問屋の多いところだが、粂吉の父親は下駄屋を営んでいる。三男の粂吉は、家業は手伝わず、彫師の朝倉伊八に弟子入りし、まだ日は浅い。

朝倉伊八は、近頃名をあげてきた彫師である。三年前、柳亭種彦の『勢田橋竜女本地』に北斎が挿画を描いたのを彫って評判をとった。今年から開板が始まり大人気を博している馬琴の『南総里見八犬伝』に、北斎の長女の婿柳川重信が挿画を描いたのを彫っているのも伊八である。

柳亭や馬琴の読本の挿画を描き、伊八のような名彫師に彫り起こしてもらえるようになれたらというのが、彼のさしあたっての望みであった。

粂吉は、まだ、ほとんど鑿は持たせてもらえない。掃除だの道具の手入れだの、せいぜい、不用になった古い板木を再使用のために削り直して平らにするぐらいのところだ。住み込みではなく、日本橋まで通っている。もう帰っているだろうと、品川とは逆の方向になるが、とりあえず金杉橋を渡った。

陽が落ちた路地はどぶ板も見えぬほど暗い。下駄屋はまだ店を開けていたが、店番はいなかった。

「粂さん」

声をかけると、粂吉の母親が顔を出した。

「粂さんは」

「あいよ」

母親に呼ばれて出てきた粂吉に、提灯を貸してくれと言うと、

「驚いた。橘町から、新網町までわざわざ提灯を無心に来なすったのかい」

「実ァ、いま、金杉の碇屋に」

と事情を話したついでに、品川に女郎買いに行くのだと口が滑った。

「あたしも、お伴ッ」

粂吉は母親が消えた奥の方をちょっと振り返り、

「追手のかからぬうちに、いざいざ」

と、勇んで板草履をつっかけた。

ぶら提灯に灯をともし、いそいそと足もとを照らしながら粂吉は、

「善次さん、あたしはからっけつだよ。よろしく頼みます」

「高い提灯の借り賃だ」

懐具合を思案し、

「粂さん、このあたりに質屋はあるかい」

「質屋はあるが、まげる物は？」

彼は胸を叩いてみせた。

質屋を出たときは、彼は羽織なしの着流しになっていた。

「うう、風が身にしみらァ」

「いい羽織だったね」

「碇屋の旦那のだ」

「なるほど。画料をもらってから受け出して返しゃあ同じことだな。早えとこ描き上げねえと流れちまうから、善次さんとしても精を出さざあならねえ。精出して早く仕上がりゃあ旦那も喜ぶ。女と遊んだぶん儲かるという方寸だ。八方丸くおさまる。善さん、軍師だねえ」

女買いはいいが、夜が明けて、帰るときの気分が、何とも虚しくて侘しくて、厭だ。日常の虚しさ侘しさを忘れるために女を買い、その思いをいっそう強くして日常に還ってくる。

「粂さん、品川は馴染みがいるのかい」

「そんな身分じゃごぜせんよッ」

「おれも品川は詳しかあねえが、品川は吉原と違ってな、見世張りの両方の端に坐るのがいい女郎だ。吉原は、いっちいいのが中座といって真ん中に坐る」

「女郎買いは年季が入っていなさる」

「年季を入れねえじゃあ、枕絵は描けねえ」

粂吉は気がせくとみえて、身を泳がせるようにし、顎が前につん出る。

「粂さん、親方も仕事がたてこんでいるだろう。親方は夜なべで、小僧は女郎買いか」

「お絵師が怠けていなはるから、彫りも手が空いていますッ」

「伊八っつぁんの彫りは、惚れ惚れするの」

「おっそろしい親方で、おれァ生傷がたえねえ」

「なぐられるのか」

「刃物を持っているからね」

粂吉は思い出したように首をすくめた。

「おや、情のねえ炭団だ」

煙管を吸いつけようとしたら火が消えていた。女郎は手を叩いて廻しの女を呼び、

「はばかりさんだが、ここへ一つ」と、火入れを渡した。

「何だか浮かないねえ。芸者衆でも呼びましょうか」

「おれァ野暮だから、床いそぎをするのさ」

そう言いながら、彼は、何となく心がはずまない。

ひりひりと渇きに責め苛(さいな)まれ、焙(あぶ)り立てられるようにとび出してきたのだが、一里の道を歩くうちに何か気が抜けた。侘しいもの憂(う)いような気分ばかり強まる。

粂吉はとうに敵娼(あいかた)と別室に入った。それこそ床いそぎしたことだろう。

彼はいっこうに軀(からだ)が燃えたってこない。放り出してきた仕事が気になるわけでもないのにと、沈みこむ気分をもてあます。

懐具合に合わせた見世だから、部屋のたたずまいも調度も、みすぼらしいけれど、それはいつものことだ。それなのに、赤茶けた畳のけばや壁の傷、障子の継ぎ貼りがむしように目につく。

襖越(ふすまご)しに、隣りの客の声が筒抜けに聞こえる。酒癖が悪いのか、苛々(いらいら)と女に絡んでいるようで、その声も彼を滅入らせた。

「何、国貞がどうした。どうしたよ」

声が高くなる。

「おまえが豊国の弟子だと言いなさるから」

敵娼が答えている。

彼は、ちょっと聞き耳をたてた。

「豊国の弟子ァ、国貞一人じゃねえわ」

「あい、知っておりやす。国直やら国政やら、国長、国丸、国安」

「うるせえ！」

怒声と共に、襖が倒れ、夜具が彼の部屋にころがりこんできた。客が投げつけたものらしい。

「あれ」と、彼の敵娼は大仰に彼にしがみついた。

「ああ、悪い辻占だ。今夜は静かに酒も呑めねえ」

聞こえよがしに彼が言うと、隣室の客は、彼を睨めつけた。

彼より五つ六つは若くみえる。二十そこそこの若僧だが、相撲取のような大柄な軀つきだ。風体は町人で、力士でないことは明らかだった。

「はン、ここにも食いつめ絵師がいやがる。ああ、品川はいやいや。おいら、深川に行こう」

若い男はうそぶく。

――おれを絵師と、どうして見抜いたのか。

訝しむ彼の肩のかげから、彼の妓が顔をのぞかせ、

「行かっし」と毒づく。

「深川なりとどぶ川なりと、好きなところに行かっし。着くころには夜が明けて」

「鴉かあかあ、心知らずや明けの鐘」と、女の悪態に彼は続けた。洒落本の決まり文句だ。

男は敷居を踏み越え、銚子を持って彼の部屋に入ってきた。向かいあって大あぐらをかき、

「もし、四渓淫乱先生、一つ受けてくんねえ」と、銚子を突き出した。

「おれの隠号を知りながら、そっちは名乗らねえのか」

食いつめ絵師と彼を罵(ののし)った相手に、不思議に腹が立たない。腹も立たぬほど気力が萎(な)えているのかと、自問する。

「名なんざ、ねえや。いずれ、いやというほど、おれの名が目につき耳に入るようにしてやるがな」

「豊国の」

「おっと、その名は、おれの前じゃあ禁句だ」

破門された弟子かな、などと思いながら、とりあえず飲み残しをあおり、盃をさし出した。

「受けてくれるのか」

若い男は、破顔した。

「そうかい。受けてくれやすかい。いい男だよ、おまえさん。おれの盃、受けてくれるのか。おれァてえげえの絵師ァ大(でえ)の嫌(きれ)えだが、おめえさんとは気があいそうだ。何だ、この銚子ァろくすっぽ入(へえ)ってねえわ。こう、新(しん)、熱いのを持ってこい。おや、おれの新はどこへ行った。逃げたか」

「おまえがあまり荒事をしなさるから、退散しました」彼の敵娼が言う。

「おまえのところァ、新造が名代か」

「くそいめいめしい。裏を返しにはるばる来てやったというに、名代をよこしやがった」

「おれを四渓淫乱と、どうして知った」

一目でそれとわかるほど名や顔が売れてはいないと、承知している。それでも、名指されて、自惚れ心をくすぐられた。

「最前、小便所で、隣りでひょぐっている奴を見たら、これが伊八んとこの下彫りの粂さ」

「粂と親しい仲か、おまえさん」

「隣り座敷にいるのが菊川英山の弟子の英泉ときかされた。英泉の枕絵の隠号が四渓淫乱と、こちらは夙に承知さ」

新しい銚子がきた。若い男の酌を受けながら、彼は、深川で国貞に皮肉られ女を連れ去られたことを思い出し、この男もどうやら国貞と同門らしい、妙なめぐりあわせだ、と思った。

それと同時に、英泉の名、四渓淫乱の名を、この見知らぬ男も知っていたということが嬉しかった。絵を板元に渡すのは、闇の沼に礫を投じるようなものだ。波紋すら見えぬ。

豊国門下の絵師の、めぼしいところは、さっきこの男の相手の新造が並べあげていた。国貞をはじめ、国直、国政、国長、国丸、国安……。彼の耳にも親しい名ばかりだ。この男は、そのどれでもないらしい。

豊国の弟子といっても、うだつのあがらぬ下積みか、それとも破門されたか。

「おまえさんの師匠の英山は、よほど苦労を知らねえの。姫さまみてえな女郎を描きなはる」

「ほんにの」

あいづちを打ちながら、鋭く見ているなと、彼は内心驚いた。英山の美人画はたいそうな人気で、けちをつける者はめったにいない。しかし、彼も、そのあまりに穏やかな画風が不満であったのだ。

「歌麿もいいが、おれに言わせりゃあ、きれいすぎらあ」

「そうだ」

彼のあいづちに、力がこもった。

歌麿が没して八年近く経つが、その影響はいまだに大きい。北斎でさえ、美人の姿態を描くときは歌麿の風を残している。

彼の目には、女は、まるで違ったものにうつる。

彼の寂寥を肌のぬくもりで忘れさせる岡場所の女たちは、歌麿やその系譜の女たちの中には見出せなかった。

　しかし、彼もまた、歌麿から英山につらなる筆法のなかに、閉じこめられ、彼の目に視える女は筆にあらわれてはこない。

　婀娜で鉄火で俠でいじらしい女の、根元の型が、つかめていないのだ、と、このとき、彼は思った。

　一人一人の女は、顔立ちも軀つきも異なるけれど、共通した一つの原型がある。

　歌麿は、優婉という原型を、女からつかみとった。

　おれは、違うものを、女たちに視る。

「こう、飲みねえ」

　飲み干した盃を、彼は若い男に渡し、目は、妓に投げた。

「ついでやんな」

「いや、兄いのお手ずから」

　若い男の声を聞き流し、彼は、いきなり妓の衿をつかんで引き寄せ、胸に頭を押しつけた。

「よう、視せてくれよう。おれの眼に、視せてくれよう」

　妓は勘違いして、肌をぬいだ。

　彼は笑い、半ば泣き声に近い声で笑い続け、乳首にむしゃぶりついた。

「おさらばえ」と女郎に見送られ、まだ明けきらぬ戸外に出たとたん、汐のにおいのする風に慄えあがる。ぶら提灯の淡い光の中を、朝霧が白く流れる。

「一夜流れの仇夢も、別れは惜しき人心」

彼はくちずさみ、寂寥感がいくらか和んでいるのを感じる。粂吉と昨夜の若い隣客が、彼と肩を並べ、

「何の駅路の鈴ならで、浪のうねうね見えわたる、漁り火は羽田の浦の朝まだき」

と、後を続ける。

あれあれ見さんせ八ッ山の、森にとまりし旅烏が、寝ぐらを立って思い思いに、

「カア、カア、カア」と期せずして三人の声が合い、陰腹を切った『三人笑』のような力の抜けた笑いをかわした。

「どっちへ帰んなさる」

彼の問いに、若い男は、

「麴町まで」と答え、両手をつきあげて伸びをした。衿元から胸毛がこぼれた。

「麴町か。懐かしいの」

「つい先頃まで、おまえさん、四谷にいなすったから、懐かしいのももっともだ」

「おや、それまで知られていたか」

「英山の家に居候。おれも実ァ、居印でね」

「国直さんのところにいなさいますッ」

脇から粂吉がこましゃくれた口をはさむ。

「鯛蔵から、四渓淫乱の枕絵を見せられました」男は言い添えた。鯛蔵は国直の本名と、彼も知っている。

豊国の弟子の中でも、国直は、年は若いが国貞と肩を並べる人気絵師だ。

「国芳さんと言いなさる」粂吉が言いかけるのを、若い男は大きい手を振ってとめた。

「誰も知っちゃあいねえやな」

「国芳さん。豊国門下の」初めて耳にする名である。

「屑さ」投げやりに、男は言った。

「そう、きめつけちゃあいけねえ。己れの名ァ、己れがかわいがってやらねえで、どうする」

「おや、いいことを言うね、英泉さん。おまえのように名が立ちゃあ」

「おれの名を知っているのは」

「天と地と我ッ」粂吉が、どこかで聞き憶えたらしいことを口にした。ろくに意味はわかっていないのだろう。

「おれも、鯛蔵のところァ出ようと思っている」

兄弟子を呼び捨てにして国芳は、もう一度伸びをした。

精気の強い体臭が漂う。

「粂、昨夜の首尾は？」

彼は話を変えた。

「妓が、帰らずと居つづけなんし、居つづけなんし、と袖を離さねえ」

「くそッ」国芳は、石を蹴った。

名代の新造は逃げたきり、朝まで戻ってこなかった。

「鯛蔵のところを出たら、品川にも当分は来れめえと、有金はたいて上がったに、いめいめしい、明日から乞食だ」

何か心に決するところがあるような語気で、国芳は、〝明日から乞食〟を口にし、おまえさんに会えて嬉しかったよ、と続けた。

国芳といい、青林堂の長次郎といい、おれがうまが合う相手は、どこか共通したところがある、と彼は思いながら、懐手（ふところで）をのばして腋（わき）の下を掻（か）いた。秋の晩（おわ）りに虱（しらみ）でもあるまいが、どうも不潔な見世だった。歌麿や英山の女は、虱など見たこともないふうな……。

碇屋に帰れば、急ぎの仕事が待ちかまえている。また、歌麿うつしでやっつけることになる。懐紙をくわえ、前のはだけた襦袢（じゅばん）にずり落ちそうな細帯、太腿（ふともも）から臍（へそ）のあたりまでのぞかせて手水（ちょうず）に立っていった女の姿態を、彼は眼裏に呼び起こす。自堕落でいとおしい女の根元的な特徴を描いた絵師は、まだ、いない。

視せてくれ。

彼は、女郎屋に踵（きびす）を返したくなる。もちろん、こんな時刻に迎え入れてくれる見世などありはしない。客を送り出して、妓たちは、ようやくのんびりと独り寝をたのしむのだ。

「女の肌が隣りにねえと、妙に淋しいな」

彼が言うと、粂吉は、よほどいい思いをしたのだろう、だらしなく笑みくずれ、

「善次兄さん、またお伴させておくんなはいよ」と甘えた。

「あたしの妓が、兄さんの艶本が好きだと言っていましたよ。兄さんと親しいというので、あたしまでもてた」

「ちゃらを言うねえ」

「その妓がね、兄さんに刺青の下絵を背に描いてほしいなって」

「女のいろの背にか」

「いえ、その女がてめえの肌に墨をいれたがっていた」

「物好きな。前のを消すためか」

「さあ、そこまでは」

「おれァ、肌にじかに描いたことは」

「あれは、むずかしい」

と、国芳が口をはさんだ。

「紙に描くのと違って、動くからね、肌は」

「やったことがあるのかい」

「へへ」

「乙な気分になるか」

「相手によっちゃあね」

商売替えして、刺青師になろうかしらんと思ったこともあると、国芳は言った。

「肌に描いていると、針を刺したくなりやす」

自分の腿を稽古台にしてみた。おかげで、人前では見せられねえ腿になっちまった。

そう、国芳はつけ加え裾(すそ)をひらいて見せた。

太腿の内側に藍や朱が、子供のいたずら描きのようにぶざまに散っていた。

「それじゃあ、その粂の相手の女に、芳さん、描いてやったらいい」

「兄さんというお名指しで」

粂吉が言い、国芳がすいと目をそらすのを、彼は目のはしに見た。

これだから、同業者は……と彼は思った。

気を許し、うまがあっていても、ほんのわずかな言葉のはしが、刃物になる。

国芳と別れた後、

「あの仁(ひと)も芽が出ないねえ」粂吉は、大人ぶった。

「芽が出るも出ねえも、まだ二十かそこらだろう」

——おれなど、二十五で、まだ芽が出ない。国芳の目には、少しは名のある絵師のようにうつっているらしいが。

「国直さんなんざ、芳さんと年は四つしか違わないが、大人気だ。豊国門下は達者なのが勢揃いしていますからねえ、抜きん出るのは並大抵じゃない。ところが、芳さんときたら、放埒が過ぎて親に勘当されるわ、師匠には楯つくわ、兄弟子とは喧嘩するわ、国直さんのところを出るというのも、おおかた又大喧嘩したんでしょうよ。癖の悪いお人だ」

彫師の小僧だけあって、粂吉は絵師の消息に詳しかった。

「肌に墨を入れたがっている女ってなァ、年増かい、若いのかい」

「十七だと言ってましたがね」

「描いてやるよ」

彼は言い、吐く息が暁の薄闇に白く溶けてゆくのを眺めた。

7

元日を、お津賀は、兄と二人で迎えた。

おたまはすぐには妾の口がなく、とりあえず山谷の水茶屋で働いている。おりよは桂庵の世話で神田橋本町の米屋に子守奉公に出た。どちらも、元日だからといって親もとには帰って来られない。

清元延喜代の内弟子に住みこんだお津賀は、師匠の許しが出た。

兄は、何かばつが悪そうに、居心地のよくない顔で、お津賀がととのえた侘しいおせちに無言で箸をのばす。

江戸に戻って来て以来、ゆうべはじめて顔を合わせたのだった。去年の晩秋、長次郎に連れられて江戸に帰り、この長屋に来たとき、兄はいなかった。会えないままに、三人は身のふりようが決まった。やがて兄が長屋に帰ってきたと長次郎から知らされたが、兄はお津賀のところに会いには来なかった。おりよにだけは、米屋まで様子を見に行ったらしい。

お津賀も、兄と二人でいることが、おりよたちにすまないようで、正月だというのに肩を落としている。

「年始に行ってくらあ」

間(ま)がもてないのか善次郎は立ち上がった。

「その姿(なり)で？」

「紋付(もんつき)は流れちまった」

どこへ行きなさる？　とお津賀は訊かなかった。兄に疎(うと)まれているのではないと、直感している。気心がわかりぬいた古女房のように、切り火で送り出した。兄の後ろ姿に寂寥の翳(かげ)を視た。

一人になると、六畳一間がいやにだだっ広く感じられる。

路地で子供たちがつく羽根の音が甲高く澄んで聴こえる。

部屋の隅に積み重ねられてある絵の束は、描き上がったものの気に染まないで投げ捨ててあったのを、ゆうべ遅くにここに来たお津賀が、揃えて束ねたものだ。燃しちまえと兄は言ったのだが、あい、あい、それじゃ、後で燃しますと答えて、そのままにしてあった。束を解いて眺めなおしているうちに、何だか切なくなった。男と女の媾合（こうごう）の絵ばかりだ。

　思い出して、袂（たもと）から小さい紙包みを出した。暮に、道ばたで売っているのを見かけ、おりよに会う折があったら喜ばせようと買い求めておいた。元日におりよがここに帰ってくるわけはないと承知しているのに、つい、会えるような錯覚を持ち、袂に入れてきた。

　紙包みをひらき、屠蘇（とそ）をみたした盃に、中のものを浸した。山吹の芯（しん）で作り彩色したそれは、乾いているときは藁（わら）しべを二、三本束ねたようにしかみえないけれど、水や酒に浸すと鮮やかに開いて花の姿をあらわすので、酒中花とか盃中花（はいちゅうか）とかなどと名づけられ大道で売られている。

「おや、風流な」

　油障子をひき開けて土間に入ってきた長次郎が、框（かまち）に腰を下ろしてのぞきこんだ。

「まずは御慶（ぎょけい）。善次さんは？」

「年始廻りに出ました」

「かけちがったか。無念なり。お津賀さん、乙ぅうまそうな玉子焼じゃないか」

「どうぞ一つ」

「鬼の居ぬ間に」と、長次郎は雪駄をぬぎ、足袋の裏を手拭いではたいて、上がりこんだ。

「その、花を浮かべた盃で、一ついただきといこうか」

困ったなとお津賀は思う。男と二人きりでいるところを長屋の金棒引きに見られたら、どんな噂が立たぬものでもない。親切に里親のもとからひきとり、三人の身のふりようを心配してくれた長次郎に、お津賀は親しみは持ったのだけれど、それ以上の噂を立てられるのは困る。恋心は、かけらもお津賀にはなかった。それでも、すげなくして長次郎を傷つけたくもない。

去年はじめて会ったときはずいぶん年上の小父さんというふうに感じたが、今、一つ部屋にいると、相手との年の差がちぢまったようで、お津賀は少し息苦しい。

「師匠が褒めていたっけよ。お津賀ちゃん、すじがよいと言って」

「ありがとうございます」

「世話したあたしも鼻が高い」

「ほんに、あの節は」

「おっと、礼を言われたくて言ったんじゃない。しかし、何だよ、お津賀ちゃん、おまえ、清元の修業もけっこうだが、亭主をみつける算段も。それは、善さんの描いたやつかい」

絵に長次郎は手をのばした。

お津賀は目のやり場に困った。二人でいるだけでも何となく気づまりなのに、秘画を目の前でひろげられては、ますます居心地が悪くなる。

「どうで今宵は過さぬ命、魔羅っ骨の折れるまでして、それから心中しよう。心中しない先から、ええ、もう、もう、もう、それそれ死にそうだ」と、長次郎は絵のかたわらに書きなぐられた詞書を、声に出して読み上げ、

「ずんとよくなったの。けっこうな図柄だが、わたしのところには、これはよこさなかった。どこの板元におろしたのだろう。

「芥子が辛けりゃあ、山椒や唐辛子の立つ瀬がねえ。これァ、善次の一つおぼえの地口だ」

捲き舌で、お栄が油障子を開け、入ってきた。

「何だ。善次ァいねえのか。長次、おめえ、元日早々、女口説きか。悪い奴だ。北山時雨でふられて帰りな」

「おめでとうございます」

お津賀が頭を下げると、

「めでてえものか。冥土の旅の一里塚だ。上がらせてもらうよ。善次ァ雪隠かい」

「いえ、年始に」

「どけェ年始に行ったのだろう」

「北斎先生のところじゃございませんか」

「亀沢町に行ったのかな。御苦労なこった」

「元日は、先生も亀沢町の御本宅にお帰りですかい」と、長次郎が、「正月ぐらいは、おかみさんやお子がたと。すると、重信先生もあちらか。ほい、手前も御慶にまかりいでずんば」

「ごますりにか。行ってこい、行ってこい。重信んとこの餓鬼が、わめいているわ。耳の穴に紙を詰めこんで、行ってこい。おれァ、うるさくてならねえから、追ん出てきた」

「八犬伝の挿画を描いているあの柳川重信先生は、お栄さんの姉さんの婿さんなのだよ。姉さんといっても腹違いだが。北斎先生の先のかみさんは若死になさって、今のかみさんは後添(のちぞ)いだ」

とお津賀に説明する長次郎に、お栄は、

「男のくせに金棒引きだの」と浴びせ、ひろげられてある枕絵に目を向けた。

「まずい絵だ。善次のか」

「はい」お津賀は身をすくめた。

「そんなに、下手でござんしょうか」

「下手だよ」お栄は言った。「だが、もっとへちゃむくれなのが、世間にはまかりとおっていらあ」

「北斎先生とくらべられたら、てえげえの絵師ァ」長次郎が口をはさむ。

「おれも目ばかり巧者になる」

お栄の声にちょっと吐息が混ったような気が、お津賀は、した。

「長次、そういやあ、おめえ」

お栄は伝法な口調にもどった。

「いつか中、馬琴をひどく怒らせたってな」

「まあまあ、そんな話は」

長次郎は、鼻の前で煽ぐように手を振った。

「お津賀さん、承知かえ。こいつは、ほんに悪いやつだ」

性こりもなく、旧作の板木を手に入れては、新板を謳って再板しているのだが、その中に、馬琴の旧作、『勧善常世物語』『三国一夜物語』『化競丑満鐘』などがあった、とお栄はばらした。いずれも、十年ほど前の大火で焼け焦げ使いものにならなくなった板木である。常世物語などは五巻のうち二巻がまるまる消失しているし、三国一夜物語は五巻分の板木がどれもところどころ焼けて字が消えている。

焼け焦げた部分は削りとり、入木をして補綴し、全く消失した二巻は、新たに板を彫った。しかし、すでに世に出ている本とつきあわせて校合する手間はかけず、かってな文章で埋め、しかも馬琴にことわれば出板そのものを禁じられるとわかっているから、無断で発市した。

「でも、お栄さん、古い板木を捨て値で買って、新板めかして売るのは、何も、あたしばかりじゃあない、誰でもやっていることだ」

「ろくなものは出せねえしみったれた書肆（ふみや）が、褒められたことではねえと承知の上でこそこそとな。ことに、おめえ、相手が学識自慢の馬琴だ」

「さんざっぱら、どなられましたよ」

お栄に言われぬ先に、長次郎は、自分から「無学無知、厚顔破廉恥（はれんち）、卑劣愚昧（ぐまい）」と、馬琴が並べた悪罵（あくば）を披露した。

善次郎は、日の落ちるころ、着物の裾を泥まみれにして帰ってきた。土間にころげこむようにうずくまり、したたか、吐いた。饐（す）えたような酒のにおいが、助け起こそうとするお津賀の鼻をついた。善次郎は腰が砕け、吐物の上に尻餅をついた。お栄は懐手で眺めていた。お栄さんも淋しそうな顔をする、とお津賀は思った。そそり立つ巌（いわお）にぶつかってはもがいている男たちの姿が、お栄にも見えているのだと、お津賀は察した。

8

南北の新狂言『桜姫 東文章（さくらひめあずまぶんしょう）』がたいそうな評判で、翌々年——文化十四年——三月、河原崎座の平土間は、息苦しいほど混みあっていた。

正月十二日に新乗物町から出火し、葺屋町（ふきやちょう）の市村座、堺町の中村座が全焼して、まだ復興せず、木戸を開けたのは河原崎座ばかりだから、人気はいっそう高い。

もとは高貴な姫君が、破落戸に入れあげて、切見世の安女郎に身をおとす趣向が、

「すてきにおもしれえの」

国芳は大きな軀を前にのり出し、まわりの者に邪魔がられている。

花道の後ろの方の脇に設けられた、枡より安い切落としに、善次郎、長次郎、国芳、粂吉と並んで見物していた。切落としは、間仕切りがなくて詰めこめるだけ詰めこむから、うかつに手水にも立てない。

茶縞女広袖、黒の三尺廻り、下に博多染の中形縮緬、男帯をしめ島田髷の根を文殻で結んだ、莫連な元お姫さまに扮した目千両の半四郎が、雅びやかな姫言葉と下卑た女郎言葉をちゃんぽんに科白を言うたび、見物は沸きかえる。

「これ、みずからが鞍替えより、あれ、あの女はどっから連れてきたのだ。これ、口広いこったが、ぬしの下歯ときまった女子はみずからより外、この日の本に二人とあっていいものかな。その上にまだいとけなき、ありゃあ、あの女の子か。とっけもねえ、お乳やめのとにいだかせて、養育あらばいざ知らず、みずからなぞは子供はきらいだよ。ああ、しみったれな。すかねえ事をよしねえな」

姫を恋い慕うて殺された清玄の幽霊につきまとわれ、客が気味悪がって寄りつかぬからと女郎屋から暇を出され、久々に男のもとに戻ってきはしたけれど、

「これ、今夜は枕が役に立つの」

と、蒲団の上にいそいそと枕を並べる男、釣鐘権助に、

「よしねえな。わっちゃあ一ッ寝する事は、しみしんじつ嫌気(いやき)だ。今夜はみずからばかり寝所に行って、仇(あだ)な枕の憂(う)いも無(の)う、旅人寝が気散じだよ」

と、そっけなく突き放す。

権助が出ていった後、清玄の死霊がまたもぼうっと現れ、寝鳥(ねとり)、薄どろどろ、裏方の男衆が小屋の両窓をはたはたと閉ざしたから、舞台は凄(すご)みを帯びて昏(くら)くなる。

ところが風鈴お姫と二つ名を持つ女郎となった桜姫は、怯えるどころか、

「これ幽霊さん、いやさ、そこへ来ている幽霊どの。つきまとうほどな性(しょう)があらば、ちっとは聞きわけたがいいわな。みずからが先々を鞍替えするも、そなたの死霊がつきまとうゆえ、なじみの客まで遠くなるわな。ええ、人の稼ぎの邪魔をするのか。さまたぐるのか。最初はこの身にこわげ立(たち)、いとしやとも、ふびんなとも、因果の道理と思いしに、毎夜のことゆえ馴れっこになって、怕(こわ)くないよ。幽霊も足が近くちゃあ、末始終(すえしじゅう)がつとまるめえよ。今夜は勤めを達引(たてひ)くというても、わらわはその節は、おや、また姫が出た。これ融通(つうくつ)はできねえよ。さ、消えなよ、消えなよ。夜が明けるよ。幽霊が朝直しでもあるまいに」

まくしたてると、見物は沸きに沸いて、半四郎の科白も聞きとれぬほどになった。

清玄桜姫を扱った狂言はこれまでにずいぶん書かれているけれど、姫を女郎にまで堕落させ、高貴の極みと下賤(げせん)の極みを一つに綯(な)い混ぜた南北の趣向は、前代未聞、まことに、こたえられねえわ、と、善次郎は下腹に性の悦(よろこ)びに似た感覚さえおぼえる。歌麿が

創り上げたような女は、南北の舞台には、いなかった。

――この、前代未聞、って奴がな。

陶然としながらも、つい、己れの画業と重ね合わせてしまう。人まねばかりでは、埒（らっち）もねえわ。

花道をへだてて前方の内側の枡に、お津賀が清元延喜代とその旦那のお伴で来ているのを、彼は知っている。幕間（まくあい）に長次郎は国芳と粂吉を誘って挨拶に行ったが、彼は、揃って座をはずすと他人に詰められてしまうというのを口実に、残った。妹と顔をつきあわせるのが、なぜこうも辛いのか。突きつめて考えたことはないが、彼はいささか頑（かたく）なに、距離をおいていた。不甲斐のない兄だと認めている。しかし、己れを削るものは、相手がいたいけな妹であろうと拒まずにはいられず、拒む己れの冷酷さがやりきれなかった。妹たちが彼をいっこう咎（とが）めだてしないことも、彼のやりきれない気分を募らせる。

南北は、下積みの時代が長く、苦労したという話を、彼も聞いている。見習作者としてはじめて番付に桜田兵蔵の名が出たのが二十三歳のとき、その後勝俵蔵（かつひょうぞう）と名を改め、立作者に出世した時は、四十九になっていた。二十六、七年にわたる雌伏の期間があったのだ。その翌年、文化元年、五十歳のときに書いた『天竺徳兵衛韓噺（てんじくとくべえいこくばなし）』で大評判をとり、以後は、めざましい人気で、今度はどんな狂言を出すのかと、江戸の人々が待ち望むほどだが、二十六、七年の下積み、五十歳の開花――おれには、そんな暇はない……と善次郎は思う。

三十という年が、彼には生の終りに近いものに思え、四十を過ぎて生き永らえている己れなど想像もつかない。三十前に名をなさねば、間にあわぬ。死神の指がちりけもと（えりくび）にのびている気配を、常に感じていた。

契りあった男、権助が、父と弟を殺害した仇と知った桜姫が権助を討ち果し、捕り手に囲まれたところで、

「これより二番目所作事始まり。さように御覧じましょう」と打込みになり、ひっぱりの見得で幕となった。

「芝居はたいそうな人気だがの」

国芳が声をはりあげた。幕間で周囲が騒がしいから小声では聞きとれないけれど、国芳の声は不必要に大きい。

「その人気にのっかって、役者絵を描くなんざ、おれァ、やらねえ」

「聞こえますよ」

粂吉が袖をひいた。

舞台に近い桟敷に、豊国とその一門が女を侍らせ陣取っているのに、善次郎も気づいていた。

豊国の隣りに座を占め、芸者らしい女に酌をさせているのは、国貞だ。「あれが国政さん。その後ろが国直さん」と、粂吉が指さして彼に教える。どれも、女にもてそうな男前に見えるのは、羽振りがいいためかもしれない。ことに、国貞と国直が人目を惹く。

若い国直は、どこか朴訥（ぼくとつ）な初々しさを童顔に残している。

芝居見物しながら国芳がひどく荒れているのは、豊国一門がいるせいだ。国芳が自ら彼に語り、粂吉からもきいたところでは、国芳は、幼名芳三郎、成人して孫三郎、生家は神田で染物屋を営んでいる。六、七歳ごろから見よう見まねで家業の上絵描きに手を出し、これが子供とは思えぬみごとさで、豊国が見込んで弟子にしたという。ところが、放蕩無頼（ほうとうぶらい）が過ぎて親に見放され勘当され、技倆（ぎりょう）も、幼時の天才がそのままに伸びはせず、同門の誰彼に遅れをとるようになり、師匠の豊国からも疎まれ、いまは冷飯（ひやめし）を食わされている。

技倆がのびないというのは、粂吉が、まわりからきいた評判をつたえた言葉で、国芳自身は、おれァ肚（はら）にあることをずけずけ言うから、師匠や兄弟子に憎まれ、冷たい仕打ちを受けるのだと、ひがんでいる。親に勘当され国直のところに居候にころがりこんだが、そこも出てしまった。板元や彫師、摺師（すりし）とも喧嘩が絶えず、そのため団扇絵（うちわえ）のような簡単な仕事もこなくなり、ずいぶん暮らしに窮しているようだ。

「高麗屋（こうらいや）だの大和屋だのの大首絵がどれほど売れたところで、それァ役者の人気というものだ。絵師の腕ではねえわ」

豊国が世に名を知られるようになったのは、『役者舞台之姿絵』の成功による。役者絵の豊国とも呼ばれるほど、今も役者の似顔絵で人気を得ている。門下にも、国政、国貞を始め、役者絵を描くものが多い。

北斎は、豊国に対抗する意識もあってか、あれほど森羅万象ことごとく画材にしながら、役者絵だけは描かない。善次郎も、役者絵は描かない。豊国一門が役者絵で名をあげるなら、おれは女を描く、淫乱斎英泉でなくば描けねえ女を、というのが彼の意地であった。もっとも、いまだに英山の、ひいては歌麿の、影響を抜けられない。

「役者の人気におぶさって」と酔った濁(だ)み声で言いつのる国芳を、

「芳さん、おやめよ」長次郎も、豊国たちの桟敷を目顔で示し、止める。

「何でえ。おれが曲ったことを言ってるか。高慢ちきな奴ァ、おれァむしょうに嫌(きれ)えだ。見や、あすこに、高慢ちきが雁首(がんくび)並べていやがる。あいつらの一枚絵が売れるのは、役者の人気のおかげ」

しっ、と、粂吉と長次郎がとめた。

「聞こえますよ」

「聞こえるように言っていらあな」

「国直さんがこっちを見ている」

「国直がどうした。文句があるなら、下りて来い。国直が何だ。おれァ国芳だぞ。文句があるか」

わめき立てる国芳に、豊国の桟敷から莨盆(たばこぼん)がとんだ。狙いがはずれ、長次郎が頭をかかえた。反射的に、国芳は座蒲団を投げつけた。

豊国の弟子が数人立ち上がり、桟敷の手摺を跨(また)ぎ越え、見物をかきわけて近づいてきた。

国芳も、ぬっと立ち上がった。

その後は入り乱れての撲り合いになった。

見物の騒ぎをとり鎮めるのが役目の、座方の『留場』の若い者が五、六人かけ寄り、巻き込まれまいと総立ちになって逃げようとする人々と揉み合い、皆酒が入っているから、喧嘩の渦はたちまち土間のあちこちにひろがった。

彼は留場に胸倉をとられ、小屋の外へ突き出された。撲られたが、こっちも何人か撲りつけたり蹴り倒したり、けっこう暴れたので気分は爽やかだった。額の瘤に唾をつけながら息をしずめていると、留場に背を突きとばされ、鼠木戸からひょろひょろ出てきた長次郎が、両手で顔を押さえうずくまった。痛え、と呻く声が徒ならないので、「どうしたい」と、顔を寄せた。

「眼が……」と、長次郎は呻き、こらえきれぬように身もだえた。

9

「片目になったからといって、世の中、半分しか見えなくなったわけじゃない」

長次郎の口調は、あっさりしていたので、お津賀は少し気が楽になった。

「しかし、どうせ潰すなら、右の目にしてほしかった。あたしはもともと、右が細い眇で左が大きかったから、左が残れば、知らぬ人は、これで両眼があいていたら、ずいぶんと美い男だったろうにと思ってくれるだろうじゃないか。惜しいことをした」

お津賀は思わず笑いかけ、下を向いて、から拭きの手にきゅっと力を入れた。糠袋で敷居やら縁側やらを磨きこむのは、お津賀の仕事の一つになっている。内弟子というのは、ていのよい下女のようなもので、師匠が手をとって教えてくれることはめったにない。それでも、弥五郎新田にいたときにくらべたら気持の張りがまるで違っていた。

「不精な鶯だの。少しも啼かない」

鶯の籠をつつき、縁側に下ろした腰をひょいと浮かせて、長次郎は、お津賀の手の邪魔にならないところに座蒲団ごと臀をうつす。

「延喜代師匠が、お津賀さんに看板を上げさせてもいいと言っているよ」

「はい」

師匠は出稽古で留守だ。お津賀は手を休め、狭い庭に目を放つ。植え込みの根方に落椿が散っている。

「かねだろう」

「はい」

一人立ちをして看板を上げるとなったら、家元への挨拶やら何やら、まとまった費用がかかる。住まいも、師匠のところに居候というわけにはいかない。

「もうちっと待ちな。あたしが何とかしようじゃないか」

お津賀は目を伏せた。今度は、笑いをこらえるためではなかった。長次郎の表情の奥を見たくなかったのである。長次郎の好意が、日増しに募ってくるのを、敏感に感じている。

嫌いではない。それどころか、十分に親しみは抱いているし、親身に世話をやいてくれるのでつい甘え心も持つのだけれど、それ以上には気持が進まなかった。

たぶん、長次郎の容貌が醜いからだと思うと、ひどくすまない気がする。長次郎さんが、もう少しいい男であったら……。しかし、もし、そうであったら、美しい長次郎は、わたしを見向きもしないだろう。

「片目とひきかえに、青林堂長次郎は、あちこちに貸しができたよ。豊国んとこじゃあ、気の毒がって見舞をよこしたし、あの若い国直なんざ、気がいいものだから、どんなにでも、あたしに力を貸すとさ。つまり、安い画料で、青林堂の出す本に絵を描いてくれるそうな。手前が潰したのではないかと案じているのだよ、あの男は。ずいぶんと暴れたからな。誰のやったことかわからないと、あたしは言ってやった。彫師や摺師も、青林堂も気の毒なことになった、一肌（ひとはだ）ぬがざあ、と肩入れしてくれる気よ。何と果報なことだ」

そう言って、長次郎は薄く笑った。その笑いは、お津賀をぞっとさせた。ただ醜いばかりではない、妙に底意のあるような気味の悪い笑いであったのだ。

「まあ、まかせておきな」

長次郎は立ち上がったが、去りがけに、

「あたしの眼を潰したのは、国直ではないのさ。誰がしたことか、あたしはちゃんとわかっている。だが、他人（ひと）には言わない。ここにしまっておく」

胸を指さし、ぼそりと囁いた。

まさか、兄では……。

その考えがひょいと浮かび、首筋や腕にさあっと鳥肌立つのを感じた。

もちろん、故意にやるわけはないけれど、あのときは、大変な騒ぎだった。皆、酔ってもいた。兄も、手に持ったものを振りまわしたり、相手かまわず投げつけたりしているのを遠目に見た。まるで、嬉々として暴れているようだった。お津賀は、難を避けて早々に席を立った師匠とその旦那の伴をして、騒ぎにまきこまれぬうちに小屋を出たので、その後の成行きを自分の目で見てはいないのだけれど、はずみで、兄が長次郎の眼を傷つけ、自分では気づいていないということも、あり得ないことではなかった。そうでなければ、長次郎はなぜ、あんな意味ありげなせりふを残していったのか。

長次郎が口約束を忘れず、お津賀の一本立ちに入用な金を工面してくれたのは、その年の夏だった。正月に出した草双紙や枕絵がたいそうよくさばけ、刷り増しを重ねたから懐が暖いのだと、長次郎は言った。そんなに景気がよいのだろうかと、お津賀は訝（いぶか）った。売れた売れたと長次郎は言うけれど、青林堂板の名の入った草双紙も錦絵も、お津賀は見かけたことがなかった。よく目にするのは、山青堂や栄林堂、甘泉堂、仙鶴堂などである。ことに山青堂は、馬琴の八犬伝の売れゆきがめざましい。

「淫乱斎の枕絵も、よく捌けた。善次さんには、洒落本も書いてもらった。あの人ァ、何でも器用にこなすね。今に、死んだ京伝を凌ぐよ。淫乱斎は、青林堂の米櫃だ。あたしゃ、あの人を金輪際放すこっちゃない」

長次郎の口調に、何か露悪的なものを、お津賀は感じた。

「だから、この金ァ、兄さんが稼いだも同じこと。悪遠慮はせずに、きれいに使っちまいな」

兄の手から渡されたら、どんなにか嬉しいだろうにと思いながら、お津賀は持ち重りのする金包みを押しいただいた。兄は、まるで意地になっているように、お津賀のことに口を出さない。相談相手にされるのを避けているふうだ。

決して冷酷なのではない、むしろ、気がやさしすぎるから、妹たちにかまけはじめたら沼に踏み込んだように抜きさしならなくなり、画業にさしつかえる。だから警戒しているのだと、お津賀は兄の心のありようを見抜いているつもりだけれど、

――もう、わたしだって、兄さんに迷惑をかける年じゃない、少しぐらいは手助けだってできる、そんなに避けなくたって……と、恨みがましい気持が湧いた。

善次郎が壁を築いて他から己れを侵されまいと気を張るのと真反対に、――わたしは、ひとの世話を焼くのが性にあっている。そう、お津賀は思う。

師匠の口ききで、本所亀沢町の長屋に、お津賀は移り、清元延津賀の看板を上げた。富本から別れた清元は、急速に人気を得、習いたいというものが増えている。お津賀は幼いころから絃の道は身につけており、とうに師匠として立てる技倆はもっていた。絃が何よりも好きというほど打ち込んでいるわけではない。たまたま、芸に身を助けられたというだけのことだ。一本立ちしたおかげで、おりよを奉公先から手もとにひきとれたのが、お津賀は嬉しかった。

引越しがすんだ日の夕方、長次郎は角樽を、「兄さんからだよ」と届けてきた。潰れた眼はくぼんだ眼窩に濃い影が溜まり、形相をおそろしくした。しかし、細い右眼は気のいい愛嬌をたたえていた。

紅絹の糠袋を帯にはさんで、お津賀はおりよと連れ立って湯屋に行った。行きつけの湯屋は暖簾をひっこめ、戸が閉まっていた。

昨日小火を出したので今日は休みだ、と近所の者が言い、ちっと足をのばせば、亀の湯というのがあるよと教えてくれた。半鐘も鳴らないうちに消しとめたとみえ、お津賀は出火には気づかなかった。

おりよは汗疹ができているので、桃湯に入れてやりたい。土用のあいだは、どこの湯屋も桃の葉を湯に浮かべ、これが汗疹にはよく効く。

脱衣場では子守娘が平たく坐り込み、赤ん坊の一つ身を膝にひろげて、目を近づけ、虱を拾っていた。赤ん坊は母親が湯をつかわせているのだろう。

　おりよも、ついこの間まではこんなことをやらされていたのかと思うと、ふびんが湧く。単衣を脱ぐと、おりよの浅黒い軀はまだ棒のようで、いかにも幼い。

　おりよより少し年下らしい女の子が三、四人、草を束ねて千代紙の着物を着せた姉さま人形で遊んでいる。おりよは興味は示さず、洗い場に行く。

「滑るよ」

　お津賀が声をかけたとき、洗い場から勢いよく走り上がって来た男の子がおりよに正面からぶつかり、おりよは仰向けにころんだ。

「何をするんだよ！」

　お津賀は叫んで、おりよを抱き起こし、男の子を睨んだ。おりよと同じ年ごろの子だ。女湯に連れこむには、少し年がいきすぎている。母親らしい女が上がってきて、かばうように男の子の肩に手をかけ、お津賀を見返した。ひやりとした暗い目であった。子供にあやまらせもせず、女は子供に着物を渡し、自分も浴衣をまとう。

　お津賀はむっとして荒い声を投げようとして、こらえた。清元の弟子を集めてゆかねばならない。地元の女たちと悶着を起こすわけにはいかなかった。

　おりよは泣きもせず、さっさと流し場で桶に湯を汲みこみ、軀を流している。

「発明なお子だの」

　三助に背を流させている老女が、愛想を言った。

「見かけないお子だが」

「二月(ふたつき)ほど前、御町内に越してまいりました」

黙っているおりよにかわって、お津賀が挨拶した。

「近くの湯屋が休みで、こちらに参りました」

清元を教えていると、お津賀は抜け目なく宣伝(ひろめ)をした。

男の子が戻ってきて流し場をのぞき、おりよに、び、び、びィという顔をした。おりよも唇を突き出して応じた。おや、この子にしては珍しい、とお津賀は思った。軀つきは幼いが、妙に大人びていて、子供っぽいからかいなどは無視するたちなのである。

母親が男の子の腕を引き戻し、出て行った。

「おみよさんは、気が立っているからの」

老女が、傍で赤ん坊を洗っている女に話しかけた。お津賀にきかせるつもりもあるようだ。

「ほんにの」赤ん坊連れの女が応じる。

「おみよさんの亭主どんは、あいかわらず帰って来ないのかね」

「世間にもてはやされる男を亭主に持つのも辛いものでございますよ」

「おまえさん、読本は読みなさるかい」

老女は、お津賀を話にひき入れた。

「馬琴の八犬伝の絵を描いている重信だよ、あのおみよさんの御亭主は」

「あれ、それじゃあ、北斎先生の娘さん」

「あい、北斎の先の女房どんの娘さ」

「それなら、ご挨拶をすればよござんした」

北斎とお栄は回向院裏に家を借りているが、本宅は亀沢町と、お津賀もきいていた。

北斎は、先妻に三人子供がいたが、二人は早逝し、長女のおみよだけが残った。おみよは重信に嫁ぎ、本宅のすぐ近くに住んでいる。後妻の子は、お栄のほかに、男一人、女一人。男は他家に養子に出た。末娘は嫁がず、まだ本宅にいる。

そんな話を、長次郎や、時々顔を合わせるお栄の口から、お津賀は聞き知っていた。

おみよは夫婦仲が悪く、子供を連れてしじゅう実家に入り浸り、継母に愚痴をこぼしている。

おっ母は、生みの娘のおれより、まま子のおみよ姉とうまがあうらしいわと、お栄は笑っていた。

北斎の娘とあっては、

——どなりつけないでよかった。それにしても、母親が違うとはいっても、お栄さんとはずいぶん……。

「わたしの兄さんが、北斎先生にお世話になっております」

「お絵師かい」

「はい」

「名は何と言いなさるね」

お津賀が答えるより先に、おりよが、

「淫乱斎英泉」

声をはりあげた。湯気の中に、声がひびいた。

「いえ、号は渓斎。菊川派の」

お津賀は言いかけ、相手が他からきこえる話に聞き耳をたてているのに気がついた。たちこめた湯気の向うで、肥(ふと)った女が、知り合いらしい女に喋っているのだが、その話の内容に、お津賀も気をとられた。

「あのの、お土左(どざ)がの、蛙のような腹ァつん出して、浮いていたというよ」

「やれやれ、なんまんだぶ、なんまんだぶ」

「わたしの兄さんの嬶(かか)さんの兄さんというのが元柳町でお上(かみ)の御用をしているのだよ。それだから、この話ァ嘘ァねえのさ」

「男かえ、女かえ、ほとけは」

「男にきまっているわな。上を向いて腹ァ出して大川の千本杭(ぐい)にひっかかっていたのだもの。身状(みじょう)も知れているのさ。狂言作者の並木五瓶(ごへい)」

「ええ、五瓶が水死？　なんまんだぶ」

「話ァしまいまで聞きねえな。五瓶じゃねえわ。その弟子の、何といったかな、下っ端だ」

「酒にくらい酔って、足を踏みはずしたものかの」

「いや、それが、背中に刺し傷があったというから、面白狸の腹つづみだ」

「刺し殺されて、川に放りこまれたのかえ」

「死んじまったものを放り投げたのなら、腹はふくれめえ。きのどくに、仏はの、傷口から血は出てゆくわ、口から水は入るわ、大事なものが失せていらねえものが入ってくるという寸法だ」

並木五瓶がまだ篠田金治と名乗っていたころ、兄がいっとき弟子入りしていたことがある。まんざら無縁な話でもないので、お津賀はいっそう身をのりだした。

しかし、その女は、上がり湯をざぶりとかけ、手拭いでふきながら、「あい、そんなら」と、出ていった。

「こう、おせんさん」と、老女が、

「いま出ていったのは、顔はよく見るが、どこのお人かの。身内に岡っ引がいなさるとみえるの」

「はい、ついそこの角の煎餅屋のおかみさんで、おとくさんと言いなさいますよ。怖い話をききました。なんまんだぶ」

「これ、三助さん、もうよいわな。いつまで垢をすっている。熱い湯でざっと流しておくれ。ああ、さっぱりした。這入ってくるよ」

背をかがめ、老女は湯気のたちこめた柘榴口をくぐる。

「あれ、気をおつけ。足もとが滑るよ」
柘榴口の方に行くおりよの貝殻骨が浮き出した背に、お津賀は声をかけた。

10

かつての師、篠田金治、今は二代目を襲名して並木五瓶——の弟子の狂言方勘七が、背を刺された上、大川で水死していたという噂は、善次郎も耳にした。

背には刃物が突き刺さったままだから、下手人はすぐにお召捕りになるだろうと言われている。もっとも、刃物はどこにでもあるような古い出刃だから、持主をみつけるのはそう楽ではないかもしれない、と言う者もあった。

「刃物というやつは、深く突き刺すと、肉がちぢんで巻きついて、たやすく抜けなくなるというよ。下手人ァ、手がかりになりそうな刃物は残しておきたくはなかったのだろうが、抜けねえのであきらめたのだろうな」

善次郎が言うと、

「さすがに、もとは帯刀だっただけのことはあるの」

長次郎は猪口を干した。

「なに、抜いたこたァなかった」

「それより、善さん、次の洒落本の趣向だがの、何ぞよい思案はないか。正本仕立もよいと思うが」

「勘さんは、人に恨まれるような男ではなかったが」

「正月の大火で小屋が焼けてこの方、芝居者はかねに詰まっているというから、何か不義理でもしたのだろう」

「いや、勘さんは、親が紺屋（こうや）で景気は悪くない。狂言方はいわば道楽さ。そう言やあ、おまえ、いつだったか、勘さんになぐられたことがあったな」

「はて」

「大円寺のお化け朝顔の花相撲で」

「そうだった。あれァとんだ災難だったよ。何を勘違いしたものやら、いきなりなぐられ、迷惑しごくだった」

「勘さんとは昔なじみだ。おれァ線香の一本もあげにいかざあなるまいが、おまえはどうする」

「理由（わけ）もねえのにぶんなぐった野郎に、線香を手向ける義理ァねえわ」

長次郎は言い捨てた。

勘七の位牌（いはい）を仏壇に飾った仏間には、先客がいた。狂言作者の松島半二である。九年ほど前に師匠の名跡をついで二代目桜田治助を名乗っているが、その代償に初代治助の後家の面倒をみさせられており、閨（ねや）の面倒も含まれると噂が流れていた。

勘七の母親の泪まじりの愚痴を長々と聞かされていたとみえ、善次郎をみると、半二はほっとした顔になって、「そんなら、これで」と腰を浮かせた。

母親の相手をひきつがされるのは叶わないので、

「待っておくんなさい、師匠、わたしもすぐにお伴を」と、そそくさと線香をあげ、連れ立って外に出た。広い土間に藍壺が埋めこまれ、職人が手も足も真青にして、布を染め上げている。土間の向うの中庭には、染めた布を伸子に張ったやつが幾すじも、青い蛇が宙にのたうつように伸びていた。

「とんだことになったね」

鮮やかに晴れあがった空が目に痛いほどだ。

「まだ日は高えが、精進落としにどうだ」と、半二は盃を持つ手つきをした。撒き散らされた光を避けるように、小暗い小料理屋の座敷に入った。

「おめえ、早えとこ狂言方から足を洗って、結句、賢い算段だったぜ」

盃をさしながら、半二はそう言った。

小肥りで四角ばった軀つきの半二は、うっすら汗を滲ませている。

「とんと不景気での」

「いつぞやの『桜姫』は、たいそうな入りだったじゃありませんか」

「そうでもねえの」

と言って半二は憮然とした表情をみせた。

『桜姫東文章』には、半二も作者に名を連ねているのだが、南北の評判ばかり高いので、おもしろくないのかなと、善次郎は思った。

芝居の正本は、常に合作である。立作者が筆をとるのは、重要な幕だけだ。

おれの前に北斎という壁がそそり立っているように、半二の眼前の壁は南北なのだろうな。

彼は思ったが、松島半二は、善次郎よりははるかに確かな足場にいた。

「勘さんを殺った下手人は、まだ皆目あたりがつかねえんですか」

「そのうち、あげられるだろう」

他人事だから、あっさり半二は言った。

以前、長次郎が勘七に絡まれた事を、善次郎はまた思い出した。しかし、その後、勘七が長次郎に因縁をつけた様子はない。あのときかぎりのことだろう。

おれが岡っ引なら、と、彼は塩辛に箸をのばしながら思った。

長次郎の眼の傷が心にひっかかるだろうな。勘七は芝居者だ。あのとき、裏にいてもおかしくはない。切落としに憎い長次郎がいる。喧嘩が始まった。留場をはじめ、座方の者も、騒ぎをしずめようとして、かえって捲きこまれている。どさくさにまぎれて、長次郎を襲う。まさか眼を潰そうとは思わないまでも、はずみで、ああいうことになってしまった。

長次郎が、その仕返しに、勘七を……。

そう考えて、善次郎は苦笑した。

言い争って、はずみで、長次郎が勘七を川に突き落としてしまう、という事なら、あるかもしれない。

しかし、出刃庖丁（でばぼうちょう）で刺し、それから川に落としたというのだ。初手から殺意を持っていたことになる。

長次郎と出刃庖丁。

およそ、彼には考えられないことであった。

大切な友人に、ひどい悪名をかぶせたものだ。おれも、悪いことを考える……。南北の狂言じゃあるまいし。

眼を潰したのが勘七であれば、そうしてそれを長次郎が承知なら、出刃庖丁を持って一人で仕返しに行くような、長次郎は、性質（たち）ではない。あの場でわめきたて、勘七をお上に召し捕らせるだろう。

勘七に恨まれるおぼえはないと、長次郎は言っていたが、それは嘘で、何か、長次郎としては公（おおやけ）にできない事情があったとしよう。そうであれば、眼を潰されても、訴えることはできない。泣き寝入りも口惜（くや）しい。だから、出刃を持って……。

長次郎は、片眼を失なったことを、あまり苦にしているふうには見えなかった。

——何にしても、長さんと出刃は不似合いだ。

おれも、狂言作者を志しただけのことはあるわ。たちどころに、こんな物語を作り上げるのだから。

「師匠、勘さんを手にかけた奴の心あたりはありませんか」

「あんな酷い殺されようをする男じゃあなかったが。物盗りかの。勘七ァ、家業が繁盛しているから、懐具合は悪くなかった」

「それにしても、年中大金を持ち歩いているわけでも」

「貧乏が、結句、気楽だわ」

ああ、金が欲しい、と言っているように、善次郎には聞こえた。

「善さん、妹ァどうしている」

思い出したふうに、半二は言った。

「たしか、四人とか五人とかいると言わなかったか」

「そんなにいやあしませんよ。三人です。一人は清元の看板をあげました。贔屓にしてやっておくんなはい。末のは、こいつが面倒をみていますが、中のは、山谷の水茶屋に出ています。いい旦那をみつけたいと言ってるんだそうですが、いませんかね」

「お囲の口か」

わたしじゃあどうだね、と半二は冗談めかして言い、そうして、笑顔がしかめ面にかわった。義理で縛りつけられている初代の女房の顔が浮かんだのだろうと、善次郎は思った。

「よい思案がついた」と、長次郎は指先でこめかみを叩いた。

「小舟町をひっぱりこもう」

小舟町は、松島半二の通り名である。そこに住んでいる。

「ひっぱりこむ？　何に」

「青林堂にさ」

師匠に稿本を書いてもらう、と長次郎は意気込んだ。

「あっちは金が欲しい。こっちは作者が欲しい。いやとは言うまい。いい取引だ」

「しかし、芝居の正本と草双紙では、かってが違うだろう」

「なに、師匠には好きに書いてもらい、わたしが手を入れる。善さん、おまえも手を貸してくれるだろう？」

長次郎は、さっそく半二にかけあいに行った。半二は、いずれ、できたら、というような生返事を与え、淫乱斎の、妾（めかけ）志願の妹というのにひき合わせてくれと言った。

おたまの働く山谷の水茶屋に、長次郎は半二を伴なった。

「一目で気にいってね」

と、長次郎は、帰宅してから善次郎に告げた。

「師匠、さっそくにも、ひきとるとさ。手ごろな家をめっけて囲うそうだ」

「おたまは？」

「厭ではなさそうだったよ。師匠ァ、男前ではねえが、まあ、さばけているしな。女のあしらいはうめえや。初代のかみさんという一件ものがいなけりゃあ、本妻にすえてえところだがと師匠が言ったら、おたまちゃんは、本妻はしちめんどうでいやだとさ」

「初代のかみさんてえのに、おたまがいびられないだろうか」

「もちろん、えてにゃあ内緒さ」

そう言って、長次郎は、あいている方の眼で目くばせした。

11

小女が梯子段を上がってきて、新しい銚子をおいた。そのまま横に坐りこんで、畳に散った枕絵の下描きに目を向け、きゃあと笑う。

半二と長次郎は額をつき合わせるようにして、半二が書いてきた草稿を検討している。

善次郎は傍に寝そべり、茶碗酒をあおる。

米沢町に半二がおたまのために構えた妾宅の二階は、時には仕事の打ち合わせの場にもなる。新内の『明烏』の後日談をよみものに仕立てて出そうと考えついたのは、長次郎だった。

三吉野という遊女と伊之助という若者が心中した、実際に起きた事件を新内語りの鶴賀若狭掾が曲付けした『明烏』は、江戸で大流行している。それをよみものにすれば、大当り間違いなしと長次郎は踏んだが、半二は芝居の正本とは勝手が違うとみえ、書き上がったのは、地の文がいかにもぎごちない代物（じろもの）であった。だいぶ手を加えなくてはならない。

「降りそうだよ。干し物をとりこんでおくれ」

階下（した）からおたまが、のんびりした声で小女を呼んだ。

「ほんに、一雨くるの」

半二が言い、善次郎は寝そべったまま首をもたげ、窓の外に目を向けた。まだ暮れるには早い時刻なのに、空の色はどす黒く、雲の流れが早い。

「どうりで、物の文色（あいろ）がよく見えない」と長次郎が、「あたしは、よほど眼の性（しょう）が悪くなったかと思った」

「おきん、行灯（あんどん）をともしていってくれ」半二が命じた。

「あい、台所から火種を持ってくるから、ちっと待っていなせえ」

小女は心残りな一瞥（いちべつ）を枕絵に投げ、梯子を下りていった。じきに、火口（ほくち）に火のついた付木（つけぎ）を手に上がってきて、片隅の行灯の灯芯（とうしん）にうつし、もう一度男根を極度に誇張した絵を眺めてから、下りた。

善次郎は、一人でも時折ここに足を向けることがある。おたまが妾宅におさまって以来、三人の妹のうちで、一番気楽な相手と感じるようになった。彼が寝ころがって放心していても、おたまは小うるさいことは言わない。彼がいてもいなくてもいっこう気にならないふうなので、彼もくつろぐ。

半二のお手当は潤沢とはいえないが、小女を一人置いて、煮物には味醂をちょっと奢るくらいの贅沢で、おたまは十分に満足しているようだ。そのかわり、夜は烈しいと、半二は半ば以上のろけを混えて、困ったような顔をしてみせる。

「善さん、これ、おまえも目をとおして、知恵を貸しておくれ」

長次郎が考えあぐねた声をかけた。

「酒が入らねば思案が出ぬというから、工面してやったのに、空の銚子が増えるばかりだ。おまえには、絵も頼むのだから」

「そいつは、無理というものだ」

そっけなく、彼は言った。

「わかっているよ、おまえが仕事を山と抱えこんでいるのは。鼻山人の洒落本につける絵が三十丁といったかな。それに、青林堂の艶本が五十丁。どっちも筆耕を兼ねてだから大変とは思うが」

「つまらねえ仕事ばかりだ」彼は言い、

「善さん、その言い草はなかろう」長次郎がいささか気色ばんだとき、下女がまた上がってきて、梯子段の下り口から首だけのぞかせた。

「彫師の伊八っつぁんのお使いが来ましたよ」

「おれに用か」半二が訊くと、

「いんね、そっちの」と、善次郎を指した。

「上がるように言いな」

使いは、粂吉であった。

「橘町に行ったらいなさらねえんで、ここと見当をつけてね」

「でも、恐ろしい執念だ。居催促か」

善次郎は起き直った。酔いが軀の中で暴れはじめたのを感じる。わけもなく苛立たしい。

新板の発市は正月早々と決まっているから、下絵も草稿も秋口までには仕上げなくては、筆耕、彫り、摺りが間にあわない。淫乱斎の隠号で発市した『美多乱嘉美』だの『夜留の舞女』だのがけっこう捌けたから、また今年もと注文は増えているのだが、名はあがらず、絵師の見立番付にも名はのらないし、自分でも得心のゆく出来とはいえない。英山もどきじゃあない、おれの女。英泉の、女。

「まだ、描けてねえよ」

「一枚も？」

「一枚も」

「そんな、殺生な。一枚でも持って帰らねえじゃ、あたしが親方にのど笛かっ切られる」

「ねえものは、ねえわ」

「描いてくださいよゥ、今ここで」

「伊八親方がお手ずからお彫りくだされたまわるわけじゃああるめえ。おれの下絵なんざ、屁の中落ぐれえにあしらいやがって、昨日今日の駆け出しが、稽古台に使おうてんだろう」

「あれ、ひがんだことを言いなはるよ。すてきに酔っていなはる。あたしも、かけつけ三杯、いただきッ」

「そういやァ、粂さん、いつだっけか、品川で、おまえの敵娼になった女に、刺青の下絵を頼まれていたっけな」

　碇屋の仕事を終え橘町に戻ってからは、品川まで出向くのは遠すぎておっくうなままに、それきりになっていた。

「あれは、善さん、深川に鞍替えしたよ。品川はあたしもあれっきりだったんだが、つい一月ほど前、ちょいとほまち（臨時の実入り）が入ったのであの見世に行き、松風と名指したら、深川の土橋に鞍替えして、名もお蝶だと教えられた」

「伏玉か、呼び出しか」

「伏玉だって」

　深川の女郎は、子供屋から見世に呼び寄せる呼び出しと、見世に抱えられている伏玉の二通りがある。

「何という見世だ」と訊ねかけたとき、目のくらむような光が走り、続いて轟音が耳を聾した。粂吉は頭をかかえてうずくまり、

「蚊帳（かや）、蚊帳」と、うわずった声をあげた。

稲妻が空を裂いて走り、彼もその光に裂かれた。雷鳴は、たてつづけに響いた。荒ら荒らしさに煽（あお）られ、彼は身内に物狂おしい力が猛然と湧くのを感じた。軀の中から衝（つ）き動かされるように、彼は立ち上がった。

「粂さん、見世の名は何てんだ」

「新吉福」

「描いてやらあ」

部屋を出て行こうとする彼に、

「どこへ行くんだ」

半二と長次郎が、あっけにとられた声を投げた。

「土橋」

「いけねえよ。善さん、仕事」

止めようと、粂吉は彼の足首に手をのばした。蹴放（けはな）すように振りきり、彼は階下に下りた。小女が洗濯物をたたむ傍で、おたまは仔猫をじゃらしていた。

土間にたてかけてあった傘を手に、彼は外に出た。

横なぐりに、雨は叩きつけてくる。骨と紙がばらばらになった傘は、道に捨てた。最初（はな）からひどいぼろ傘であった。

船宿では、ずぶ濡れで入ってきた彼に驚いたが、かねさえ払えば大事な客である、この吹き降りにと厭な顔をする船頭を女将がなだめすかして送り出した。

河面は波立ち、舟底にみるみる雨水が溜まった。やけに、猪牙は揺れた。

初会だが、お蝶と名ざしであがった。この嵐の中をまあ、と、見世の内儀は呆れ顔で、それでも当座の着替えを貸してくれた。

菊川英泉、と、彼は座敷に来たお蝶に名を告げた。意外なことに、お蝶はことさらな反応をみせなかった。

「英泉さんと言いなはる？」

「そうさ」

彼は拍子抜けし、

「おまえ、以前は品川にいただろう」

「あい」

「品川で、彫師の朝倉伊八っつぁんところの若えのから、おれが名をきいただろう」

「ほんに、そうでござえしたよ」

深川言葉を早くも身につけてお蝶は応じたが、思い出したわけではなく、おざなりな返事だった。

「おめえ、背中に刺青を入れてえってな」

「あれ、まだ、すじ彫だけでごぜえす」

「何だ、すじ彫を入れたのか。見せてみや」

「それだっても、まだぞんぜえな」

「いいから、脱ぎな」

強引に手を貸して帯を解かせ、藍絞りの単衣をぐいと引き剝いだ。

女の背には、臀から肩にかけ、昇り竜が、輪郭だけ彫られていた。

「これで彩色が入ったら、みごとなものでごぜえすよ」

「おれなら、もっと乙なのを描いてやったものを」

「それだって、おまえ、この下絵は、国貞さまが」

「国貞？　歌川国貞が、おまえの背に下絵を描いたのか」

「いいえ。描いたのは、刺青師さ。それでも、まあ、おまえ、これを見なせえし」

お蝶は身をよじって傍の文箱を手もとに引き寄せ、四つ折りにした紙をとり出して彼の膝前にひろげた。

肉筆の、墨一色で闊達に描かれた枕絵であった。全裸の若い逞しい男が、町娘を押し倒し手籠めにしている図柄で、男の背は、お蝶の背と同じ昇り竜の刺青で飾られていた。刺青師は、これを下絵の手本にしたのだ。

男の背の昇り竜は、躍動していた。それ以上に、絵からたちのぼる精気に、彼は声をのんだ。

落款（らっかん）はないが、歌川派の画法であることは一目で見てとれる。

しかし、今全盛の歌川派は、枕絵は描かない。文化元年、喜多川歌麿をはじめ、歌川豊国、勝川春章（かつかわしゅんしょう）、勝川春英、喜多川月麿、と、名だたる浮世絵師が秘画を描いたことを咎（とが）められ、入牢（じゅろう）だの手鎖（てぐさり）だの、苛酷な目にあった。それ以来、各派とも、秘画、艶本の執筆はつつしみ、ことに歌川派は豊国が弟子に厳禁している。

北斎はこのとき、幸い筆禍をまぬがれた。そのせいもあって、目下、春画、秘画の筆をとるのは、北斎一門と、英山、英泉ら菊川派ぐらいなものである。

「国貞じゃああるまい。歌川派は、枕絵は描かねえ」

「それだっても、国貞さまが、わたいの目の前で描きなはったものを」

お蝶は紙をたたみ直し、ちょっと押しいただいた。

「腕ならしをしておくのだと、言いなはいました。男と女の和合の図ほど、描いて力の入るものはない。いまは、歌川派は鳴りをしずめているが、遠からず」

「打って出る気か」

「あい。そう言いなはいました」

「もう一度、見せてみや」

「あれ、手荒に扱わねえでくんなせえし」

——国貞か……。

彼は、ちょっと身ぶるいした。

歌川一門は、秘画は描かぬ。それは、彼に、一種の安心感を与えていた。枕絵、艶本の注文が彼にも殺到するのは、一つには、描き手の数が少ないからだ。

歌川派の連中も、枕絵を禁じられて、腕を撫しているのだ。枕絵が描きこなせねえじゃあ、浮世絵師たァ言えねえ。

お上の目がゆるめば、歌川派も、枕絵にくり出してくるに違いない。そのとき、おれが蹴落とされずにいるかどうか……。あれらが鳴りをしずめている今の間に足場を固めねば、と思う彼に、国貞の春画は、懼れを感じさせた。国貞は、板元が欲しくてならぬ人気絵師であり、その足元は豊国一門によって護られている。一門の中での嫉視や確執はあるかもしれないけれど、隆盛の派閥の頂点にいるということは、裾野の方で孤りであがいている彼から見たら、実に安泰なものに思えた。

粂の野郎、おれに甘え酢を舐めさせやがった。お蝶は、菊川英泉の下絵が欲しかったわけではないのだ。それとも、お蝶が粂吉に、その場かぎりのおべんちゃらを言ったのか。

お蝶は彼の手から国貞の絵をとり、もう一度押しいただいて、文箱におさめた。その背後から、彼は女を抱きすくめ、押し倒した。女の背の竜が、瞼の裏に残った。憤ろしさ、口惜しさ、苛立たしさ、情けなさ、混沌とたぎる激情にまかせて、彼は女の軀を揉みしだいた。あれ、痛いよ、邪慳だねえと言いながら、女は心地よさそうに眉根を寄せた。

翌日、彼はずぶ濡れの姿で、見世物や掛小屋の並ぶ両国広小路を抜けた。ゆうべの雷雨は晴れ上がったが、朝帰りの猪牙が、岸の手前でひっくり返ったのだ。泳ぎは達者だから、下へ下へと流されながら、どうにか泳ぎ着いて杭に抱きついたが、——おれァ魂が海に招ばれているみてえだなあ、と思ったのだった。

おたまの妾宅のある米沢町は、広小路と隣りあっている。寄って着替えを借りようと足を向けた。

比丘尼が子供をひき連れて通るのに行きあった。物乞いの稼ぎに出るところらしい。この辺りにも巣があるのだろう。

すれちがいざま、流し目をくれ、

「どうしたい、色男。昼日中から、河童に尻子玉抜かれたか」と浴びせ、日が落ちたら比丘尼長屋においでな、と囁いて過ぎた。

酔った勢いで、何もかもうっちゃらかして、とび出して、深川に行って……と思い出そうとして、記憶のとぎれた部分がある。

朝になって、ほれと歯型やら痣やらを女にみせつけられたのだが、そんな手荒なことをしたおぼえがなかった。

酔いからさめたとき、記憶に空白が生じているのは、今に始まったことではないが、昨夜の荒れようをつぶさに女からきかされ、いささか滅入った。

たかが国貞の枕絵を見たぐらいのことで、そうまでうろたえ酔い狂った己れが不甲斐なかったのである。

お栄が聞いたら、さぞ軽蔑するだろう。

おたまの家の門口で格子戸を開け声をかけたが、返事がない。土間から上がり框に手をついてのぞきこむと、おたまは庭先に向いた部屋で、簾障子を開けひろげ、手枕で睡っていた。寝苦しいからか、解いた細帯が傍にとぐろを巻き、腰紐をゆるく結んだだけなので、衿元はくずれ胸乳が半ばのぞいている。薄紅い丸い乳首が愛らしかった。

台所との境の襖もはずされ、簾が半ば巻き上げてある。小女は使いにでも出ているらしい。

彼は上がりこみ、濡れた単衣を脱ぎ捨て、下帯一つになった。わずかな風が素肌に快い。

狭い庭には、半二の好みか植え込みが緑を濃くし、つくばいの縁に銀蜻蜓が翅を休めている。

おたまは寝返りを打った。浴衣の裾が乱れ、太腿が付根まで露わになった。だらしがねえなと苦笑し、直してやろうと伸ばした手を、彼は止め、台所に立った。一升徳利を探し出した。七分目ほど残っている。茶碗といっしょに持ってきて、おたまの傍にあぐらをかいた。迎え酒が入ると、頭の中が軽やかになった。寝くたれた妹の姿態を肴に、呷り呑んでいるうちに、軀の中が活気づいてきた。

彼は部屋の中を見まわし、硯箱（すずりばこ）をみつけた。

硯の海は空だが墨の滓（かす）がこびりついており、茶碗の残り酒を垂らして一擦り二擦りすると、すぐに描きごろになった。

墨に浸した筆先を、おたまの白い腿の内側に下ろした。腿の肉がぴくりと動き、おたまは身じろぎし、瞼は閉じたまま、眉根をわずかに寄せた。お蝶の心地よげな表情と似かよっていた。

彼が筆を走らせかけると、おたまはとろりと眼を開き、

「何だ、兄さん」と、けだるく言った。

起き直ったはずみに申しわけばかり結んだ腰紐がずり落ち、前がはだけ、胸から腹、淡々（あわあわ）とした毛が霞立（かすみた）つほとまでのぞいた。

「あれ、いやだよ」

慌（あわ）てもせずに、ゆっくり前を直そうとする。

「ちょいと待ちな。おまえ、すっぱり脱いでみせないか」

「いやだよ」

のんびりした声音に、睡気（ねむけ）が残っている。

「おたま、おまえ、背中に墨をいれる気はないか」

そう言いながら、彼の手は、おたまの腰にゆるくまといついている腰紐をとり去った。

おたまは逆らいもせず、

「刺青（もんもん）かい」

「そうだ」

「いやだよ、痛いもの」

「ちょいと、下絵だけ描かせなよ」

「描くぐらいなら、いいよ。痛かないよねえ」

「筆で描くのに、痛いものか」

筆の先で腿の付根をつつくと、「冷たいよ」とおたまは軀をくねらせて笑った。

「うつぶせに寝な」

「こうかい。また睡っちまいそうだ」

「目がさめるころには描き上がっていら」

彼の眼の前に展（の）べられたおたまの背は、白い絖（ぬめ）を思わせ、狩野派の絵を学んでいたころを思い出させた。

金のために春画に手を染め、その科（とが）で犬のように主家を追われたとき、同門の絵師たちが彼に浴びせた侮蔑の眼がよみがえる。

格式高い狩野派の絵師からみれば、浮世絵師などは物の数ではなく、北斎や豊国がどれほど画技に秀（すぐ）れていようと、絵師とは認めないのだ。

白い滑らかな絹布に、いま、浮世絵師・淫乱斎英泉が描くのは、この上なくみだらな枕絵だ。それをおいて、他に何を描くものか。彼は、自分の中にひそむ、狩野派の高雅な画風への憧憬（どうけい）を、力まかせに圧殺した。

薄く汗ばんだおたまの背を、彼は脱ぎ捨ててある浴衣でぬぐった。

男と女の悦（よろこ）びのきわみの姿が、白い肌の上に、視（み）えた。赤い女の湯文字（ゆもじ）が血の川のように二人の間に流れ、屹立した雄渾な魔羅は、世の何物も寄せつけぬ淫蕩の勝利の象徴であった。儒者の説く道理も世俗の掟も、魔羅は敢然と踏みにじり、世を傷つけ、世に傷つけられ、彼我（ひが）の流す血に浸って、なお猛（たけ）っていた。

「くすぐったいよ」

おたまの背が、ちりちりと慄（ふる）えた。

昂揚（こうよう）した筆は、彼の視るものを画布にうつした。

女の股は、裂けそうにひろげられた。男を呑みこみ、暖く抱きこむ、夢幻の洞（ほら）の入口が誘いかけていた。その太腿は、やがて男の腰に巻きつき、締め上げた。男と女の舌は一つに溶けあった。女の爪が男の背にくい入り、男ははずむ乳房を掌（たなごころ）につかんだ。

物音がして、英泉は我にかえった。彼の軀の下で、おたまが身動きした。

彼は頭から血がひく思いがした。わずかに首をめぐらして、音のした方を見た。入口の引き戸が閉まるところで、土間には誰もいなかった。

呻（うめ）いて、彼はおたまの背から身をひき剝（は）がした。目を下に向けると、彼の胸から腹に、おたまの背の媾合図が、こすれ滲んで転写（うつ）っていた。おたまの背の絵も、彼の腹の上の絵も、ほとんど墨の汚れとしか見えぬまでに崩れていた。しかし、淫乱斎の落款の文字は、彼の下腹に、逆文字となって読みとれた。

　彼は思わず、低く笑った。

「半二さんだったのかしら」

「女の子のようだった」

「でも、おきんは」と、おたまは小女の名をあげ、今日は夕方まで戻らないはずだ、と言った。

12

摺りあがったばかりの『明烏後正夢』初篇三冊を、長次郎はいとおしそうに見直しながら、お津賀に手渡した。煤払いもすみ門松を飾り、正月を迎えるばかりである。

　大小柱暦、とじ暦、紙代はんこう代四文でござい、と暦売りのしわがれた声が、ひきずり餅の搗屋の騒ぎに混る。数人一組になり、臼や釜を大八車に積んで、町内を餅を搗いてまわるひきずり餅は、暮ともなれば、夜明け前からわいわいと喧しく押しかけてくる。

「ずいぶんと立派な」

「そうだろう。彫りも摺りも、ずんと金をかけたのだよ」

　これまでの青林堂板と違い、たいそう手綺麗に仕上がっている。青林堂だけでは資金繰りがつかず、文永堂大島伝右衛門にも出資を頼み、合梓（ごうし）した。

「これは、いけます。そう、あたしは睨んで勝負に出た。たいそう借金もした。これが売れなんだら、あたしは」

と、長次郎は首をくるまねをしてみせた。

作者は滝亭鯉丈（りゅうていりじょう）となっている、半二の草稿を、長次郎だけでは補筆がまにあわず、咄家（はなしか）であり滑稽本をものしたこともある滝亭鯉丈に頼んだのである。

挿画は歌川国直であった。

「鯛蔵は、それ、あたしに負い目があると思いこんでいるものだから、気の毒なほど気を入れて描いてくれたよ」

「でも、国直さんじゃあござんせんのでしょう」

眼を怪我させたのは、と口には出さなかったが、

「誰がした事か知っていなさると……。それなら、国直さんに言ってあげればよいに。

国直さんも、ずいぶん気が晴れるでしょうに」

兄の名をもち出されたらどうしようと怯えながらも、お津賀は、つい、さぐりを入れてしまう。

「もうちっと、あたしの胸（ここ）におさめておく。いや、死ぬまで、誰にも告げぬかもしれぬ。お津賀ちゃん、おまえにだけは、言い残そうかの」

「やめてくださいよ、死ぬ話なんて。縁起でもない」

そう言いながら、お津賀は、ちりけもとがぞくっとした。醜い顔の上を、薄墨色の陰惨な影が、さあっと流れたような気がしたのである。実際には、長次郎は、わずかに笑ったのだった。苦笑か、心の喜悦が思わず洩れこぼれたのか、何ともえたいの知れぬ、無気味な表情であった。

「ほんにそうだ。だがの、お津賀ちゃん、これだけは言っておくよ。あたしはね、この眼を傷つけたお人を、ついぞ、恨みも憎みもしてはいないのだよ。それどころか、嬉しくてならないのだ」

「長次さんは、まるで仏さまのような」

お津賀がそういうと、今度は長次郎は、はっきり笑った。

「あたしはね、あたしに傷を負わせたお人が、しみ真実、いとしくてならないのさ。おまえ、この傷のおかげでね、あたしとそのお人は、ぬきさしならぬ、強い絆で結ばれたというものだ。しかしね、お津賀ちゃん、ここが大事なところだ、あたしはそのお人に、おまえさんのせいだなどと、一言も言わない。決して、言わない。そのお人は、自分がしたことだとは知らないようだ。何しろ、あの騒ぎの最中だったからね。あたしだけが、知っている。ああ、これは、ぞくぞくするよ。そのお人とあたしを結ぶ絆が、あたしにだけ、視(み)えている」

「何ですか、わたしには少しものみこめない」

「それでいいのだよ」

と、長次郎はまた咽(のど)の奥で笑った。

兄さんを縛りつけ、青林堂のための仕事をたっぷりさせるという意味だろうか、と、お津賀は考えた。それだけでは割りきれないねじれ歪(ゆが)んだものが、長次郎の言葉と表情から感じられるのだが、お津賀は、それから目をそむけ、気がつかないふりをして、自分自身をだました。欲得ずくの話なのだ。それなら、いかにも、長次さんらしいじゃないか。

ひょっとすると……と、別の考えが浮かんだ。

いとしい人というのは、本当は、わたしのことではないだろうか。兄さんと、奇妙な絆で結ばれれば、それだけ、わたしとの絆も強くなる道理だ。

日頃、長次郎はお津賀に妙に親切で、気があるとしか思えない。お津賀が気をつけて、隙をみせないでいるから、深い仲にはならないのだけれど……。

こちらから惚れている相手ではなくても、献身的といえるほどの好意を示してくれる男がいるということは、たいそう快く、その好意を失いたくはなかった。

自分では意識しなかったし、他人から指摘されたら、そんなあさましいことをと、むきになって腹を立てるだろうけれど、お津賀は、一方の手を長次郎に握らせながら、目は、真実惚れる相手を求めているというふうだった。長次郎が積極的に軀を求めてこないのは好都合だし、もし求められたら、鳥肌立って逃げるのかもしれないが、物足りなくもあった。もののはずみで、ふっともたれかかって甘えてしまいそうな懼(おそ)れも、かすかにひそんでいた。

「『明烏』だがね」

長次郎は、話をもとに戻し、無気味な影は彼の内側に吸いこまれるように消えた。

「お津賀ちゃん、お弟子がたにも言いひろめて買ってもらっておくれよ。必ず喜ばれます。若い女子衆（おなご）に喜んでもらえるように、あたしは心をくばったのだよ。馬琴の読本がたいそうな人気ではあるが、あのように漢語混りでしかもすじが入り組んでいては、女子衆には読みこなせない。娘さんや若女房が好む話は、男と女の色模様さ。それも、洒落本のように、通ぶった女郎買いの話じゃあ、そっぽを向かれる。つもってもごらんな。これまでに、若い娘が身につまされて、我れを忘れて読みふけらずにはいられないような草紙（ほん）があったかえ。好いた同士が仲を裂かれて、さて、どのようになりましょう、と、こういう話は、京伝も馬琴も書いちゃあいない。そうじゃないかえ」

「そうでござんすね」

「善さんに、画（え）は描いてもらいたかったのだよ。ところが、善さんときたら」

「申しわけございません」

絵師の仕事が追い込みの忙しさになる秋口から、兄は仕事を放り出してしまった。あちらこちらの板元から前借りし、長次郎からもずいぶんせびり取り、なじみの深川ばかりか吉原へも繰り出し遊び呆けていると、話はお津賀の耳にも入っている。

「おりよ坊は、どけえ行った。こう押しつまっては、稽古も休みだろう」

「おや、ほんに、どこへ行ったのだろう」

引き戸の開く音がしたので、おりよが帰ってきたのかとお津賀は腰を浮かしたが、

「上がるよ」と声をかけて入ってきたのは、お栄だった。

「長次、いたのか」

と、露骨に邪魔そうな顔をする。

「見てやっておくれ、お栄さん。『明烏』が摺りあがったのだよ」

長次郎は、早く帰れと言いたげなお栄の顔色を無視した。

「お津賀ちゃん、おまえには、あらためて持ってくるよ。これは、北斎先生に進上しよう。お栄さん、先生に取り次いでおくれ」

丁をめくっているお栄に、長次郎は、頭をさげた。得になるとみきわめた相手には、長次郎はどこまでも腰が低い。

「おまえは、用は済んだのだろう。先さま、おかわり、おかわり」

見世物小屋で、きりのいいところで見物を追い出し、入れ替える口上を、お栄はまねた。

「お栄さん、善さんとは近頃、会いなさらないか」

お津賀の訊きたいことを、長次郎が口にした。

「深川か吉原だろう」

「困り名古屋だ」

「おめえが困るこたあるめえ。いつか中、おめえ、わけ知り顔に言っていたっけな。遊びつくさなけりゃあ、女は描けやせん、歌麿なんざァ吉原に入り浸り、茶屋で女を描いていた、善さんだって、修業のためだ」

長次郎の口調を、お栄はまねた。

「善次ァ、根っから女好きなのさ。あいつの魔羅ァ」

「見たのかい、お栄さん」長次郎が呆れて口をはさむ。

「酔うと下帯はずすじゃねえか」

お津賀がどぎまぎして目をそらすと、長次郎が、

「魔羅も慕々も、しっかと見ねえじゃあ、枕絵は描けまいがの」と、これも少し辟易したように言った。

「あの……それでも、兄さんの放埒は、この中、あまりに荒んでいなさるように思えて……。長次さんから先日きいたところでは、比丘尼長屋の唄比丘尼にひっかかって……」

「放っときな」

お栄は言い捨てた。

「それに、橘町の長屋に戻るのは、月にせいぜい、一度か二度。それも、長次さんから遊興のおかねをせびり取るためだそうで……」

「長次が、そう言ったのかい」

「はい」

「嬉しそうに、こいつ、言っただろう」

お栄の言葉は、的を射当てていた。

〝いくらでも、せびってくれていいのだよ〟

長次郎は、その時、そう言ったのだった。

〝善さんの無心なら、あたしは、身ぐるみ裸になったって貢ぎます。せびられるほど、あたしは嬉しいのさ。それだけ、善さんはあたしを頼りにしているってェことだもの〟

まるで、情人に稼ぎをむしり取られて喜んでいる女郎のようなせりふを、長次郎は口にした。

そのときも、お津賀は、それを自分への好意のあらわれと思ったのだった。そうして、兄さんは、長次さんには無心するけれど、わたしには何も言わない、と淋しいような誇らしいような気がした。妹のたしない稼ぎを取り上げるほど兄さんは腐っちゃあいない、と思ったのである。

「それでも、これで年が明けても兄さんの錦絵や絵草紙が発市されることはないのだと思うと、何だか淋しくてせつのうござんすよ。一枚も板元に渡していないといいますもの」

「長次、帰んな」

お栄は、はっきり顎をしゃくった。

「これから、お津賀さんと、女同士の話がある」

「あれ、お栄さんは女だったっけかね」

せい一杯の皮肉を長次郎は口にしたが、お栄はいっこう応えたふうではなかった。

「お栄さん、もしやして、お津賀ちゃんの嫁の口の話ではあるまいね」

やはり、長次さんは、わたしを想っているのだと、お津賀は困惑と好い気分を半々に感じた。

「嫁の口の世話ァするような肚(はら)ァねえわ」

お栄は追い立てた。

長次郎が去り、お栄と差し向かいになると、お津賀は、さっきお栄が、善次の魔羅ァ、と、あからさまに口に出したのを思い出し、少し憎しみを感じた。

「おれァ、他人のことにおせっかいを焼くなァ性に合わねえが」

お栄は、珍しく、ちょっと口ごもった。

「あの……兄さんのことでござんしょうか」

「善次が何をしようと、あれァ餓鬼じゃねえわ。はたがきなきな言うこたァねえや。お津賀さん、おめえ、近ごろ、薄っ気味(きび)悪い遊びが餓鬼のあいだで流行(はや)っているのを知っているかい」

子供の遊びといったら、凧揚(たこあ)げか当独楽(あてごま)、いもむしごろごろだの、蝙蝠吊(こうもりつ)り、竹馬、かくれん坊、橋の欄干渡り……と頭の中で並べあげ、どれも、薄気味悪いものではない。

「とんと……」

「首吊りのまねごとが流行っているよ」

お栄は、放り出すように言った。

「それはまた……。厭なことが流行りますねえ」

「踏み台に乗って」と、お栄は続けた。

木の枝などにかけた縄の輪に首を入れ、踏み台を蹴る。

「それじゃあ、本当にぶらさがっちまうじゃありませんか」

「蹴ったとたんに、右手に持った刃物で縄を切るのだよ」

「そんなことができるものですかねえ」

「どうやら、蹴りようにこつがあるらしい。左手で縄の上の方をつかんでおいてさ、思いきりとび上がって、縄にゆるみをもたせれば、躰（からだ）の重みで縄がのびきる前に、断ち切るゆとりがあるようだ」

「お栄さん、それを、見たんですか」

「見たよ」と、お栄はうなずいた。

「いつ」

「つい、さっきさ」

「いやな遊びですねえ。まさか、女の子はやりはすまいけれど」

「おりよ坊が混っていた」

お津賀は悲鳴のような声をあげた。

「まさか！　いやですよ。薄気味悪い」

「餓鬼ァ、薄気味悪いとも思っていないようだが。おりよ坊は、うまかったよ」

「いやだよゥ。お栄さん、何でとめてくれなかったんです」

「とめて、どなりつけてやったさ。おれァな、大のおとなが、こうしかねえと思い決めてやるのなら、首くくりだろうが身投げだろうが、止めだてはしねえわ。しかし、十やそこらの餓鬼どもが……、しゃらくせえ、舐めたまねをしやがって。うちの、おみよ姉の倅も、一味していた」

「太ァちゃんですか」

「おれがどなりつけたら、餓鬼どもァ逃げたが、おれは太吉をふんづかまえて、問い詰めた。この中、流行っていると吐かした。肝の小せえやつは、踏み台を蹴りはずすより先に縄を切ってしまい、笑いものにされるというよ」

「それだって、しくじったら……」

「まわりにいる仲間が、すぐに縄を切ってやるから、大事ァねえんだとよ」

「ああ、いやだ、いやだ」

「しかし、おれだってな」と、お栄は、浅黒い顔に笑いを浮かべた。「餓鬼だったら、やったかもしれねえわ。橋の欄干渡りとたいした違えはねえ。おめえに言いつけ口して、おれァ、おりよ坊に嫌われる羽目になったな」

「いいえ、教えてくれて、よござんした。おりよに、とっくり意見してやらねば」

「意見をしたところで、効きめはあるめえがな。一つ押さえりゃあ、ほかの遊びをみつけだすわ」

「それじゃあ、わたしに、どうしろと」

「そう、しら几帳面に言われても困る。おれァ道学者じゃあねえわ」

「ほんに、どうしたものか。兄さんに相談したところで、頼りにはならないし」

お津賀がつぶやくと、お栄は、

「嘘ァねえや」と笑い出した。

「ほんにねえ」泣き笑いの顔に、お津賀は、なった。

「でも、兄さんはあれで、ずいぶんとわたしたちには気をくばってくれているんでござんすよ」

「おめえは、身贔屓（みびいき）が強いの。おれの親父さまを見な。女房も子も、仕事の妨げになるものァ、放り出して見向きもしねえわ。絵師ァ、絵さえみごとであれば、あとは、放埒だろうが淫乱だろうが偏屈だろうが人でなしだろうが、かまったこっちゃあねえわな。そのかわり、並の世間からは、うしろ指をさされの、馬の糞（ふん）を投げられの、ちっと弱みをみせりゃあ踏みにじられの、それでくたばっても、絵師は絵師よ。しかし、善次ァ、そこまで強くねえの。柵（しがらみ）を斬らざあ己れがだめになると承知しながら気の弱え。身内ァ、やさしい情の深え兄さんの方が嬉しかろうが。おや、おれとしたことが、とんだ長口上だ」

お津賀は、涙ぐんでいた。おりよのことやら兄のことやら、お栄に突っ放したような話しかたで言われ、混乱して、ただもう、わたしはどうしたらいいのだろ、と気が揉めていた。八方うまくいかねば、すべてが自分の責任のような気がした。

夕方、おりよは少し険しい顔つきで帰ってきた。何と言って叱ろうかとお津賀はあれこれ考えていたのだが、なまじ時間があって考え過ぎたために、とっさにどなりつける勢いを失なっていた。おりよは台所で口をゆすぎ、歯を磨きはじめた。

――いやだよ、この子は。どうかしちまったんだろうか。日が落ちてから歯を磨くなんて。

お津賀は幼い妹の心のうちがのぞけず、

「早くお飯をおあがりよ」

と少し機嫌をとるような口調になった。

おたまに話したところで、何の力にもなりはすまいと思ったが、屈託をもてあまし、お津賀は翌日、米沢町に足を向けた。

暮の町は、煤取りやら門松の飾りつけやらで気忙しい。竈を浄めてまわる竈払いの神主や巫子、鉦を叩いて門口に立ち喜捨を乞う寒念仏、いずれも乞食と大差ないものたちが、稼ぎどきとばかりに行き交う。

おたまの家は、障子が真新しく貼りかえられていた。おたまは炬燵(こたつ)で蜜柑(みかん)の皮を剝(む)いていた。

お津賀が炬燵に膝を入れると、邪魔されたというふうに猫が這い出てきて、のびをした。

奇妙な遊びの話を告げた。おたまは、

「ばかだねえ」

と軽く笑い捨てた。

「首をしめられると気がいくというのもいるけれど、わたしは少しもよくならないよ」

「あの、おたま、おりよもその仲間に入っているというよ」

「おりよはいくつだったっけ」

「わたしが二十一だから、あの子は……と、十二だ」

「じきに年が明ければ十三か。もう、月のものはあるんだろ」

「夏ごろから」

「好きな男でもできれば、そんな馬鹿げた遊びはしなくなるよ。男の方が、何ぼかいい」

「おまえときたら……」

気むずかしくて困るんだよ、あの子は、とお津賀は、軀の快さしか念頭にない妹に、つい愚痴をこぼした。

「少しおかしいんじゃなかろうかと、わたしは気が揉める。昨日だって、おまえ、夕方帰ってくるなり、歯を磨きはじめるんだから」

「厭なやつに口を吸われたんだろ」

あっさり、おたまは、お津賀の不審を解いた。

「好いた男に吸われた口なら、唾を飲むのも惜しくしているものを。かわいそうに」

「まさか、手籠めにされたんじゃあ……」

「泥で汚れていたかい」

「いいや」

「大事あるまいよ」

とろりとした声でおたまは言い、蜜柑をお津賀に手渡した。

「小粒だが、皮が薄くて甘いよ。兄さんはこれが好きだから、きらさないようにしている」

「兄さんが、ここに来るのかい」

お津賀の声は癇走った。

「たまにね」

おたまは、猫を抱き上げた。首すじがほっそり白く――何だか、艶っぽくなったよ、この子は。お津賀は、少しうろたえた。

「兄さん、いったい、どこで何をしているんだい。わたしには影も見せない。長次さんだって困っているよ。正月は、ここに来る気だろうか」

腹が煮えるのを、お津賀は押さえた。

「さあ、どうだろうね」

おたまは目を伏せ、猫の耳のうしろを撫でる。

「兄さんが来たら、ちっとはお津賀のところにもおいでなさいと伝えておくれよ」

兄が小粒の蜜柑が好物だとは知らなかった。

はじき出されているという気持がいっそう強まった。それをおたまに悟られまいと、お津賀は蜜柑の皮に爪をたてた。汁が目に入り、それをきっかけに、おたまにけどられずにすむ泪が滲んだ。口惜し泪か淋しいのか、お津賀にもわからなかった。兄のことで妹に嫉妬しているなどとは思いたくない。

とぎれた話を強いて続けようともせず、おたまは蜜柑の房を口にいれ、唇をつぼめて中身を吸いとると、滓を猫にやった。

「汚ないよッ」

お津賀は我れ知らず叫んだ。おたまの唾を猫が舐めるのが、ひどく不潔に感じられた。

「蜜柑が好きなんだよ。おかしな猫だね」

おたまは言い、また一房、口に含んだ。

年が明けると、絵草紙屋には、いっせいに新板の錦絵がかけ並べられる。初春興行にちなんだ役者絵が娘たちの目を惹く。

陽が落ちると店先に二つ三つ吊した行灯（あんどん）に灯（ひ）が入る。奥に向いた半分は灯火がむき出しになった行灯のゆらめく火明りが、割り竹にはさんで壁いっぱいに垂らした錦絵を、妖しく浮き出させる。新吉原細見だの読本や洒落本なども、新板が積まれる。昨年売れ残った古い煤ぼけた錦絵は、光が届かない天井近くに、そこだけくすんだ色あいで吊されている。

青林堂が文永堂と合資で開板した『明烏後正夢』は、お津賀の予想を越えた売れゆきであった。これまで読本の読者としては無視されていた女たちに的をさだめた長次郎の狙いは適確だった。

口づてに評判がつたわるとみえ、正月を過ぎても売れゆきは衰えず、お津賀は、稽古に来る娘たちから、おもしろうございますよ、お師匠（つしょ）さんも読んでごらんなさいましと、『明烏』を押しつけられた。

「貸本屋でも、客が奪い合いだそうだよ」と長次郎は自慢し、「さあ、来年は」と、もう先の事を考えている。

仕事がうまくいくと、男は何だか男前が少しあがるようだ、とお津賀は思う。

もちろん、『明烏』が人気を独占したわけではない。馬琴の『八犬伝』、滑稽本の十返舎一九（じっぺんしゃいっく）の『東海道中膝栗毛（ひざくりげ）』、そのほか種彦も三馬も、それぞれ人気を集めている。錦絵も、北斎は大々判の『木曾名所一覧』や『北斎漫画』の九編、十編を発市（うりだ）し、豊国門下も新作をずらりと並べた。中でも国貞の美人画揃い物『四季の日附絵』が評判だ。兄の絵は古い売れ残りが煤けて吊されているばかりだった。

13

夏の日が暮れかかると、誘い合わせるわけではないのに、どの家もいっせいに水撒(みずま)きをはじめる。ひとしきり埃(ほこり)が騒ぎ立ち、じきにしずまって水のにおいが強まる。水たまりをよけながら、暑気当たりの薬を商う定斎屋(じょさいや)が、振り分けにかついだ小抽斗(こひきだし)の環をかたかた鳴らして通り、売れ残りの母衣蚊帳(ほろがや)をになった蚊帳売りが通る。けんどんをかついだ風鈴屋の音が仄(ほの)かなのは、あらかた売りつくしてわずかしか残っていないからだ。

「姐(ねえ)さん、残りものだ。まけておくよ」

風鈴屋に声をかけられ、水を撒く手をとめてお津賀は首を振りかけたが、ふと気が変り、「そんなら、一つ」と、濡れた手を前垂れで拭いた。思ったより安かったので二つ求めると、風鈴屋は荷を下ろし、軒端(のきば)に一つ吊ってくれた。赤い短冊が涼しい音をたてて風に踊った。

「明日は三つ咲くな」

軒下の細竹に蔓(つる)をからませた朝顔の蕾(つぼみ)を、風鈴屋は目で数えた。

あたりまえの、群青色の丸花ばかりだ。

お津賀は、もう一つの風鈴を手に、家を出た。夕涼みがてら、大川の方に足を向ける。風鈴をおたまのところに持っていってやろう。

おりよはお針の師匠のところから、まだ戻らない。この春から、お津賀のすすめで、お通うようになった。習いごとが忙しければ、妙な遊びをする暇もなくなるだろうと、お津賀は算段したのであった。

兄が来ているかもしれないと、淡い期待が足を速くする。

月に一度か二度ぐらい、兄はおたまのところにふらりとあらわれるようだ。小女の口からもたしかめた。そう知ってから、お津賀は、何かと米沢町に行くことが多くなった。兄の苦労や心持ちを、誰よりもわかっているのはわたしだ、という自負もある。里親の許にあずけられていたときも、兄さんは、仕事があるのだから、と、ひっそり耐えてきた。

少し意地になっているのかもしれない、と自分でも思う。おたまばかり贔屓して、と子供のように拗ねている自分を笑うゆとりも、あることはあった。

長い両国橋を渡り、おたまの住まいの近くまで来たとき、人影が少し先の路地に入ってゆくのを見かけた。ちらりと目のはしを掠めただけだが、兄のように思えた。小走りに追って、路地をのぞいた。男の姿はすでに見えなかった。

格子戸を開け、土間に入ると、おたまは、畳の上にうつぶせに軀をのばしていた。

足もとの方に浴衣が脱ぎ捨てられ、素肌をおたまはさらしていた。

――いくら暑いからって、何て自堕落な。

湯文字もしていない。こんもりした白い臀が露わだ。

「おたま」

声がとがった。

「ああ、姉さん」

半分睡ったような声でおたまは応じ、少し身を起こして頬杖をついた。

上がりこんで、お津賀は近づき、声をあげた。

「おまえ、何てことを……」

「みごとだろう」

おたまは、肌をかくそうともしない。見られた以上はと居直ったのか、最初から、恥じてもいないのか。

「早く、着物を着ておしまい。人目についたら、どうするんだよ」

「姉さん、とっくり眺めてみないかい」

おたまは起き直り、お津賀に背を曝した。

お津賀は目をそむけ、浴衣をかかえこんでおたまの背を覆いかけ、やはり、しげしげとみつめずにはいられなかった。

「おまえ、何てことを……。それも、よりによって……。取り返しのつかない軀になっちまって」

　おたまは、きゅっきゅっと笑い、

「姉さん、目の性が悪いのかい」とからかった。

「墨を入れちゃあいないよ」

「描いただけなのか」

　ほうっと息をつき、あたりに目をやれば、藍や朱を溶いた小皿と彩筆があった。

「それにしても、おまえ、何という絵を。半二さんの好みか」

「兄さんだよ。枕絵の淫乱斎英泉。落款入りだよ。いい心持ちだよ、背中に描いてもらうのは。ひやァとしてさァ、蕩けてしまう」

　おたまは汗でうなじに貼りついたおくれ毛を小指の先でかきあげた。

「わたしは背中がいっち好くてさァ。乳を吸われるより、背中の方がいい。おかしいかねえ」

「そんな絵を背中に描かせて平気な方が、よほどおかしいよ。描く兄さんも兄さんだ。おまえ、知っているのかい。何を描かれたか」

　肌露わな男と女が、おたまの背の上で、喜悦のきわみの刻を持つ。おたまが身動きするたびに、二人も微妙に動くさまが、生あるもののような錯覚をお津賀に与える。おたまの肌の色が、そのまま、二人の肌の色であった。錦絵のような極彩色ではなく、藍一色のぼかしに、ところどころ朱を点じただけなのが、かえって凄艶さを増していた。

「合わせ鏡でいつも見るもの」

「今しがたかい。これを描いたのは」

「そうだよ、これはね。ときどき、描きにくるよ」

「いつごろから」

「去年の、夏……。夏も終わりに近いころだったかな。暑い日だった。兄さんは刺青れと言ったけれど、痛くていやだもの。それからときどき、描いてくれる。紙に描くより、気がのるそうだよ。おまけに、描いているうちに、気が悪くなる。わたしもさ」

「おまえ、何を言っているか、わかっているのかい。畜生。けだもの」

「何をそう、腹を立てているのさ」

「何をって、おまえ……おまえ……」

激して、お津賀は声がつまった。

「姉さん、兄さんとわたしが、色事をしたと思っているのかい」

「おまえが、今、その口で言ったじゃないか」

「気が悪くなるとは言ったけれど、本当のことだもの。しかたなかろ」

性の悦びを感じると、おたまはそう言ったのだ。

「でも、兄さんは気が小さくて」と、おたまはえくぼを浮かべた。

「気が悪くなると、比丘尼宿に走って行くよ、兄さんは。わたしはいいよと言っているのにねえ」

考える前に、お津賀の手は、おたまの頬を張っていた。

台所から濡れ布巾をとってくると、お津賀は、おたまの背の絵を拭い消しにかかった。

その前に、もう一度、しげしげとみつめた。

男と女は、ひたすら愉悦に浸っている。背中に、こんな華麗な世界が花ひらいていたら……。

おたまを押さえつけ、力をこめて拭くと、

「冷たくていい心持ちだ」

おたまは、まるであどけなく聞こえる口調で言った。

「姉さん、おまえ、気の毒だねえ」

嘲ってはいなかった。真実、同情しているふうだ。堅くてまじめで、非の打ちどころのない気性を、それゆえにこの悦びがわからないと同情されていると気づき、

「この、引きずりあま！」

お津賀は罵った。男と女の顔が溶け流れ一つになっている。結ばれた花の部分に、爪をたてて引き裂きたい衝動に駆られた。

ようやく気を鎮め、

「気が小さいんじゃない。兄さんは、おまえを犬畜生にすまいと……」

「犬畜生にするのは、姉さんたちだろ。姉さんたちが畜生呼ばわりするから、畜生になる」

思いがけない穿った反撃に、お津賀はいっそう逆上した。おたまの髪をつかみ、引き据えて撲った。

大川端は、水瓜の立売りやところてん屋が、そろそろ店じまいをはじめていた。お津賀は橋の欄干にもたれ、暗い水面を見下ろした。青い小さい蛍の群れが、葭の茂みで舞い狂っていた。

14

「さあ、さあ、口を開けねえな。そう、歯をくいしばることたあねえ。何も、毒を飲まそうというんじゃねえわ。もう一つ、飲まっし。の、の」

なだめすかす比丘尼の声は、凄まじく嗄れている。

男にのしかかられ、仰向けに押さえつけられた若い娘の横から、比丘尼は、娘の口に丼の酒を注ぎこむ。

娘は顔をそむけようとするが、ざんばらに乱れた髪を比丘尼の膝が踏んでいるので、身動きがとれない。歯を食いしばり、これ以上は飲まされまいとする。

「これ、こぼれるよ。もったいない」

行灯の明かりに照らし出される三人を、英泉は、傍でみつめている。

比丘尼は丼の酒をぐいと呷(あお)り、口に含んで、娘の顔に顔を押しつけた。口移しに酒が注ぎこまれた。娘ののどが動く。男の手は娘の裾を開き、毛臑(けずね)が、閉じ合わそうとする膝を割る。息つぐ暇もなく口移しに注ぎこまれる酒は、いやおうなしに胃の腑(ふ)に流れてゆき、酔いが全身をめぐり、娘は、半ば恍惚と気死し、膝の力がゆるむ。比丘尼宿に売られてきた生娘(きむすめ)の硬い軀をひらかせる、凄惨な手段であった。紙にうつしとらずとも、そのさまは、彼の脳裏に彫りこまれた。

「旦那、あとはまかせるよ」

比丘尼と、宿の亭主は、部屋を出ていった。彼は、ぐったりと萎(な)えた娘の軀を、膝に抱き上げた。艶めかしくたのしいはずの色事が、ここでは修羅の地獄相であった。娘は吉原の大店(おおだな)ではとても商いものにならぬようなあばた面(づら)だが、酒に濡れた唇だけは、紅(あか)く初々しかった。

15

どろりとなま温かい糠床(ぬかどこ)をかきまわし、茄子(なす)と胡瓜(きゆうり)をさぐりあてる。流しに持ってゆき、甕(かめ)の水を柄杓(ひしやく)でかける。汚ならしい糠が洗い流され、つややかな紫紺と青の肌があらわれた。

眼裏に、一昨日目にした、おたまの背の上の、男と女の営みが、消しても消しても絶えず色あざやかに顕つ。瞼の裏に藍と紅で彫りこまれたように。しかも、静止してはいない。

兄の指が筆の穂先となっておたまの背の上を走り、おたまは身悶える。そのぞっとするような快さを、お津賀は己れの肌の奥におぼえ、低く呻く。けものじみた呻きを喰いしばった歯の間から洩らしながら、一方で、茄子は切ると色が変るから、このまま小鉢に入れて行き、兄さんのところで切ってあげよう、と尋常なだんどりを考えている。

昨日、両国橋のあたりで、長次郎に出会ったのだ。長次郎は彫師のところに行く途中だと言い、帰りにお津賀さんの機嫌うかがいに寄ろうと思っていた、と、立売りの冷し白玉をおごってくれた。そのとき、善次さんが長屋に戻って来たよ、と言った。

お津賀は出稽古に行く道すがらだったが、そっちをすっぽかしても兄の顔を見に駆けつけたくなった。兄さんは、身内のものにわずらわされるのはいやなのだ、と、兄の気持を理解しているつもりだったのだが、――おたまのところには始終寄って、あんなことまでしてやって……と思うと、自分でも思いがけぬほど、こらえ性がなくなっていた。

しかし、長次郎は、今はそっとしておきな、と止めたのだった。何だか、とっ憑かれたみてえに仕事を始めたのだから、水をさしちゃあいけねえよ。

昨日は、行きたい足を、むりやり押さえた。

――それだっても、お飯をしっかり食べなくては、軀が弱ってしまうよ。

そう思いつくと、矢も楯もたまらなくなった。漬物を届けるのだと、それを長次郎の言葉を無視し兄の仕事を邪魔する自分への言いわけに、お津賀は、布巾をかけた小鉢を片手に家を出た。

油照りの道を、手庇で陽をさえぎりながら歩く。陽光は容赦なく頭上から全身を焙りたて、お津賀は熱気に半ば酔ったようになる。瞼の裏で、素肌をあわせた男と女が喘いでいる。暑さに息を切らすお津賀の喘ぎと、一つになる。

兄さんのために軀の苦痛を味わっている、と思うと、苦痛に快い酔いが混る。兄さんは今まで、わたしに何もさせてくれなかった……。

油障子を開け放してあっても温気のこもる狭い部屋で、英泉は下帯一つの素裸で、下絵を描いていた。額からしたたり落ちる汗の雫が、筆を持つ手の甲を濡らした。

土間に立ったお津賀に、英泉は気づかぬもののようだった。

ほうっと息をついて、お津賀は、気が遠くなりそうな軀を框に下ろし、息をととのえた。

英泉は目を上げた。

「兄さん」

お津賀が声をかけようとすると、英泉は額にすじを立て、

「暑苦しい面ァみせるな！」

と、描きかけの紙を、いきなり鷲づかみにした。

ひいっと咽声が出そうになるのを、お津賀は押さえた。兄さんは気が立っているんだから。気が立っているんだから。呪文のようにくりかえし、そっと台所に行った。水甕の水もぬるんでいた。ぬるい水で顔を洗ってから、お津賀は桶を持って外に出た。共同井戸のまわりには、女たちが集まっていた。深い井戸の底から汲み上げた冷たい水を桶にみたし、台所に戻って、手拭いを浸し絞り上げた。

兄は、新しい紙を展べ、二の腕で額の汗をしごき落としている。

その背後にまわり、お津賀は、濡れ手拭いを肩から背にかけた。

どなり声をあげかけ、兄は、その快さに気づいたのだろう、黙って、お津賀のするままにさせた。手拭いが肌にぴたりとついて、冷たさがしみ伝わるようにと、お津賀はしばらく両手をあてていた。そうして、背に頰を近寄せた。

何度も、お津賀は手拭いがぬるくなると水に浸して絞りなおした。

もういい、と、やがて兄は言った。

その声が耳を撫でたとき、お津賀の自制の糸が切れた。

お津賀は兄の背に頰をつけた。

暑苦しい、と兄は身をよじった。

「いいじゃありませんか。一度ぐらい甘えさせてくれたって」

他人の声のように、お津賀は聞いた。言おうとも思わない言葉が口をつく。

お津賀は帯をゆるめ、肌ぬぎになった。浴衣は花びらのように垂れ、乳房がこぼれた。

「兄さん、わたしにも描いてください」

お津賀は、迫った。

「ばか」

「おたまには描いてやったじゃありませんか。淫乱斎英泉の枕絵を、お津賀の背にも描いてやってくださいよゥ。わたしはしっかり彫りつけて、消すこっちゃないんだから」

「おまえ、暑気当たりで頭がおかしくなったのか」

「おたまには描いてやったじゃありませんか」

英泉は、目の前の白紙を握りつぶし、お津賀に投げつけた。立ち上がると、荒々しく下駄をつっかけた。

「兄さん、どこへ」

とりすがるのを突き放して、英泉は出ていった。

お津賀は、ぼんやり坐りこんでいた。

どのくらい時が経ったのか、目の隅に、人影がうつった。

「善次ァいねえのか」

お栄は框に腰を下ろし、懐から出した手拭いでしたたる汗をぬぐう。

「仕事を始めたと長次からきいたから、頼みてえことがあって来たんだが」

「ついさっき、出ていってしまいました」

「また、風来坊か。お津賀さん、おめえ、按配が悪いのか」

「いえ……」

兄さんを、怒らせてしまって……と、お津賀はつぶやいた。

「英泉の枕絵が、素っ堅気のお津賀さんを狂わせたか。あいつもてえしたもんだ。女郎狂い蔭間狂いのあげくに、腕をあげたか」

お栄は笑った。

「わたしは、よほど兄さんに嫌われているのでしょうか。なぜなんだろ。何が気にいらないのか……。お栄さん、わたしは、そんなにいやな女でしょうか」

否定してほしい願いが、言葉の裏にあったが、お栄は、

「男ァ善次ばかりじゃねえだろう」

と、お津賀の思いもよらないことを言った。

「いやだ。それじゃまるで、わたしが兄さんに惚れているみたいじゃありませんか。わたしはただ……」

「おれの別れた亭主も、気のいい男だったがの、おれは、顔をみるだけでむかっ腹がたったものだ」

「どうして……」

「性が合わねえってのは、いるもんだよ」

「兄さん、わたしと性が合わないんでしょうか」

「わたしはこんなに尽していのに、と言いたそうだな。おれの元亭主もな、おれが追ん出ると言ったら、あっか茫然として……」

お栄は苦笑して話を変えた。

「梅暮里谷峨が善次に画を描かせてもいいと」

「あの、お栄さんはどうして、おつれあいと」

「さあな」お栄は、はぐらかした。

「あの……兄さんにいくらうるさがられても、お飯の世話ぐらい、わたしがしてやらなくては」

「何、長屋の女どもが、放ってはおかねえわ。若くて独り者で男前だ。その上、世渡りが下手で酒くらいで危っかしいと、三拍子も四拍子も揃っている」

お栄さんも、放っておけなくて様子をみに来たのだろうか。でも、お栄さんには、ずけずけとひどいことを言われても、兄さんはうっとうしがらないのだ。

お栄が帰っていった後も、お津賀は立ち去りかねていた。

部屋の隅に投げ出された画帖が目についた。そっとひろげてみた。男と女のさまざまな姿態がうつされてあった。帯ひろはだけたしどけない姿で枕紙をくわえ、手水に立つ安女郎。あぐらをかいて爪を切る少し薹のたった蔭間。手水場にしゃがんで小用を足す女郎の姿まで、微細に写されている。お津賀は、兄の眼が、躯のすみずみ、かくしどころまで這い舐めているようで、その感覚を快がっている自分が恐ろしくなった。

しかし、軀の奥がしっとりと露を含み、蜜をまぶされてゆくのを止めようがなかった。いま、ここに長次郎がいたら、少しも惚れてはいない相手だけれど、軀を投げ出してしまうだろうと思った。

長次さんの女房になったら、長次さんと兄さんは、いっしょに仕事をすることが多いから……。

そう思ったとき、お津賀は、突然、目から鱗がとれるという感覚をおぼえた。

長次さんがわたしをかまうのは、わたしが善次郎の妹だから……。

片目を潰したのは、善次郎だと、長次郎はにおわせた。あの騒ぎの中だから、善次郎は、自分のしたことに気づいていない。

〝誰がしたことか、あたしはちゃんとわかっている。だが、他人には言わない。ここにしまっておく〟

思わせぶりに、長次郎はそう言った。

そうして、

〝あたしはね、この眼を傷つけたお人を、ついぞ、恨みも憎みもしてはいないのだよ。それどころか、嬉しくてならないのだ〟

とも言った。

ずいぶん心の寛い人だと、お津賀はそのとき感じ入ったのだが、

〝あたしはね、あたしに傷を負わせたお人が、しみ真実、いとしくてならないのさ〟

と長次郎は続け、何か薄気味悪さを感じたのだった。

この傷のおかげでね、あたしとそのお人は、ぬきさしならぬ、強い絆で結ばれたというものだ。しかしね、あたしはそのお人に、おまえさんのせいだなどと、一言も言わない。あたしだけが、知っている。ああ、これは、ぞくぞくするよ。そのお人とあたしを結ぶ絆が、あたしにだけ、視(み)えている。

長次さんは、兄さんに、女が男に惚れるように惚れている。

お津賀は、鳥肌立ち、悲鳴をあげた。

画帖を放り出し、やみくもに走り出した。

陽はぎらぎらと照りつけているのだが、お津賀は、闇に包まれて走った。

いやだ、いやだ。わたしは、まっとうな暮らしをしているんだのに。闇の先がぼうっと明るくて、背を向けた小さい兄の姿が、何か淋しげなおぼつかない足どりで歩いて行く。

お津賀は、裸足で走った。根がゆるみ髷(まげ)がゆれる。お津賀は元結をひきちぎった。

青菜と油揚の煮つけに刻み納豆、しじみ汁の夕餉(ゆうげ)の膳を、おりよと差し向かいでとりながら、

「おたまのところへ、行くんじゃないよ」

お津賀は言った。さりげなく言おうとしたのだが、声が固くなった。

なぜ？と反撥してくると思ったおりよが、目を伏せ、軀をこわばらせた。ぎごちなく箸をつかい、飯粒をこぼした。

「……見たのかい」

押し黙って、おりよは食べつづける。

「見たのかい。見たんだね。おたまの背中」

あんなの、気にするんじゃないよ、と、お津賀は言った。

「兄さんが、紙に描くのを、ちょいといたずらして背中に描いただけなんだから。でも、わたしはね、おまえにはまっとうに育ってもらいたいんだよ。あんなお引摺りをまねしてはいけないよ」

「お師匠さんのところの猫が、水白粉をひっくり返して、おかしかったよ」おりよは言った。

「おりよ、おまえ、妙な遊びの仲間からは、もう抜けたんだろうね」

お津賀は荒くなる語気をおさえた。お栄は、去りぎわに、あの遊びはまだ廃れていないようだ、と言ったのだ。

「市松人形の着物を着せてやったんだ」

「おりよ！」

「ついでにお化粧もしてやろうとしたら、いやがってあばれてさ、水白粉を」

「おりよ、猫の話じゃないんだよ」語尾が、きん、と上がった。

「姉さんは、何でも知っているんだから、かくしだてをしたって無駄なんだよ。あんな遊びは、とうに止めたと思っていたら、まだ流行(はや)っているそうじゃないか。おまえは、仲間に入っていないんだろうね」

「入っていないと言ったら、信用するのかい」

「おまえは嘘などつかないもの」

「甘(あめ)えな」と、おりよは、無表情につぶやき、

「猫はくちびるがないもの。紅をさすのはたいていじゃなかった。猫の爪はおそろしいよ。みんな、ひっかかれて泣いたよ」

「おまえもひっかかれたのかい。どれ、みせてごらん」

「お師匠さんのところに、猫など、いない」

おりよは、空になった茶碗をのせた膳を持って、台所に立った。板のようだった腰が、少し丸みを帯びて、お津賀の目にうつった。

行灯(あんどん)を枕元にひき寄せ、蒲団から身をのり出して、おりよは草紙本に読みふけっている。

「もう、消すよ。油がもったいない」

お津賀は灯芯の火を吹き消し、横になった。以前は隙間なく二つの蒲団を敷き並べていたのだが、近頃、おりよは自分の蒲団を壁ぎわに寄せ、お津賀との間を引き離す。

闇は、雑駁なものを洗い流し、おたまの背の絵だの、兄の画帖の絵だの、兄の背に頬を押しつけた感触だの、〝暑苦しい面ァみせるな！〟とどなった兄の声だの、五感に残る記憶のみを、まざまざと甦らせた。お津賀は思わず咽声を洩らした。

「おりよ、わたしたちは、まっとうに暮らすんだよ」

お津賀は呼びかけた。声は手応えなく、闇に拡散して消えた。

兄に突きとばされた痛みも甘く甦り、——もっと、思いきり、怒りをぶつけてくれたら……そう思ったとき、長次郎の言葉が少しのみこめたような気がして、——おお、いやだよ、身慄いした。うっとりと喪神した女の顔が、消しようもなく闇に顕つ。おたまの背の上の女であった。

16

「彫師がの、いまごろこんな手のかかる彫りをしろと言われても、どうにもまにあわぬというのだよ」

長次郎と英泉の膝のあいだに、下絵がひろげられている。蚊帳の中で、肌あらわな男と女が枕をかわしている図柄だ。

「蚊帳の中とは、これまでにない趣向で、あたしもまことに結構だと喜んだのだが、彫師が言うにはの、こんな細かい蚊帳の織り目を彫ったら、摺ったときに目がつぶれてしまうというのだよ」

「だから、二枚に彫りわけろと言ったじゃねえか」

蚊帳の、縦の糸目、横の糸目、それぞれ別の板木に彫り、蚊帳一つのために二度摺りをしろと、英泉は下絵を渡すとき、注文したのであった。

「おまけに、こう色数が多くてはの」

多色摺の錦絵は、色の数だけ板木を作り、摺りも、同じ数だけ重ねねばならぬ。絵師が十の色数を指定すれば、板木は十種類、摺りも十度必要になる。蚊帳を二度摺りにすれば、彫り、摺りの手間が更に増える。

「彫師も摺師も言うのだよ。せめて秋口までに注文してくれれば、一枚の下絵に、何枚、何十枚、板木を彫ろうと、何十度摺りを重ねる仕事になろうと、喜んで引受ける、とな。しかし、つもってもみねえ。霜月だ。彫師も摺師も手一杯」

「だから、おれにどうしろというのだ」

「もうちっとなァ、その……。たとえば、蚊帳をとっての、こまことした造作や小物を消しての、まわりは〝潰し〟にすれば」

「ばかやろう！」

「ま、腹を立てるのはもっともだ。しかし」

「おめえ、この枕やら文庫やら屛風やら狆やらに、おれがどれほど気を配ったかわかっているのか。潰しなら、歌麿や写楽がとうにやっているわ。それも、雲母摺でな」

背景の大部分を一色で埋めるのを〝潰し〟という。それを豪華にするために、雲母粉や貝の粉末を溶き塗り、煌めき(きら)を持たせる手法が考案された。

今、雲母摺は、あたりまえなやり方になっている。彼は、家具調度、身のまわりのものを精緻に描写することで、これまでにない特色を出そうとした。まして、薄青い蚊帳を透かして見る女の素肌は、彫師摺師が技倆(うで)を発揮してくれれば、これまでにない、新しい美の開眼になるはずだ。

「今が霜月だぐれえ、餓鬼じゃねえ、承知だわ。しかし、彫師摺師を泣かせ追(ぼ)っ立て、仕上げさせるのが、板元だろう。尻の持っていきどころが違うわ」

「それは、言われるまでもねえ。承知だわ。しかしの」

「もっと気の悪くなるやつを描けというのなら、どのようにでも描くわ。彫りの手を抜くために、蚊帳を消せの色数を減らせのなんざ、まっぴらだ」

「おめえが、もうちっと早くとりかかっていてくれたら……」

「うるせえな。愚痴ったところで、霜月が葉月に還(かえ)るわけじゃああるめえ。泣き言をいう暇があったら、彫師の尻をひっぱたいてこい」

「青林堂の仕事は、どん尻にまわしやがって。おかげであたしが割をくう」

「そのかわり、とっておきの工夫を使ったのだ。ありがたく思いやがれ」

夏から勃然(ぼつぜん)と仕事にとりかかり、梅暮里谷峨の読本三冊、長次郎が三鷺(さんろ)の筆名で書いた読本二冊の挿画を仕上げ、一枚刷の美人画や秘本『艶本重似誌(えんぽんじゆうにし)』を描き上げ、ようやく、青林堂板の秘画集の下絵にとりかかった。一枚描き上がるはしから、長次郎は彫師のもとに運び、そのたびに、今ごろ持ちこまれてもと、苦情やらいやみやらをきかされる。それでも、『明烏』が大当たりしたおかげで、青林堂もかなり世間の信用を得、顔がきくようになってきていた。

「はいはい、ありが鯛（たい）の浜焼きだ。しかしの」

「一枚ごとに文句をつけるなら、もう描かねえ」

「と、くるだろうと思った。ところが、おまえは、描かずにはいられねえの。堰（せき）が切れたのだ。止めることはできねえ」

手近な莨盆（たばこぼん）を、英泉は投げつけた。

「おっと、残る片目を潰されては、景清（かげきよ）になる」

「おめえのは、悪七兵衛（あくしちびょうえ）の悪の字だ。消えねえ、消えねえ。目障りだ」

下絵に、英泉は目を落とす。何度、おたまの背を借りたことか。白い絖（ぬめ）の肌は、和紙を前にするより、はるかに画想を湧きたたせた。彼自身の精気も猛（たけ）り立ち、彩管に血の脈がつながるように流れ入った。

「何のかのと言ったが、善さん、あたしも、おまえの工夫を無駄にする気は、実のところ、無いのだよ。蚊帳の中の女。青林堂（うち）で今開板せねば、早晩、他の者が思いつく。早いが勝ちだ」

「そうよ。彫師から他の板元の耳に入ってみな。盗られるぜ」

〽そのとき弁慶少しも騒がず
「謡うな。耳ざわりだ」

「目ざわり、気ざわり、耳ざわり。青林堂、身のおき場がない」

首をすくめ、油障子を開けて外に踏み出そうとした長次郎は、よろよろと入ってきた女と鉢合わせした。女はそのままくずおれ、肩で息をしていた。お津賀であった。

「どうしたえ」

長次郎が抱き起こすと、お津賀は身をもがいて、

「兄さん」と掠れた声で呼ばわった。

「おりよが……」

土間によろめき入り、首をくくったァ、と框に突っ伏した。

聞きちがえたか、お津賀が何か錯乱してあらぬことを言ったか、と英泉は一瞬思った。冗談としか思えないのだが、半ば失神したお津賀の姿は、動転して亀沢町から橘町まで十四、五丁を走り通してきたことを思わせた。

畳の上にひきずり上げようとするとお津賀は目を開け、土間に膝をくずしたまま、框にもたれて身をささえた。

「おりよが……」

「水をやろうか」

「いえ……、あい、ください」

長次郎が柄杓(ひしゃく)に汲(く)みこんで渡した。

「何があったんだ。どうして」

「わかりません。ただ、……奇妙な遊びが流行っていて、それをしくじったらしい……。お栄さんから、聞いていなさらないか」

「いや」

木の枝にかけた縄の輪に、と、お津賀は、ぜいぜいと喘(あえ)ぎながら、急(せ)きこんで不気味な遊びを説明した。

「さっき、わたしが出稽古から帰ってきたら、おりよは、鴨居(かもい)で……」

踏み台が蹴倒(けたお)され、宙に浮いた足の下に、手から落ちたとみえる刃物が、鈍く光っていた。そう、お津賀は言った。

「あんな遊びは、もう、決してしてはいけないよと、よくよく言い含めたのに。それも、仲間のいるところでならともかく、一人でやるなんて……。しくじっても、助けてくれる者がいないじゃありませんか。ばかだよォ。兄さん、とにかく、来てください」

「助からないのか」

「もう、冷たくなりました」

「帰りな」英泉は言った。

「え？」

「帰りな。後で行く」

「善さん、お津賀ちゃんといっしょに行ってやらないのかい」

「死顔を見たところで」

帰りな、と強く言い、英泉は目を閉じた。

お津賀と長次郎の声が、しばらく、耳もとでざわついていた。それから、二人の気配がしずまった。

一人になっていた。

——あれは、やはり、おりよだったのだろうか……。おたまの背に、初めて筆を下ろし、すべてを亡失し、抱きしめた。物音がし、振り返ると、女の子の背がちらりと目を掠め、まるで錯覚のように、すぐ見えなくなった。小女（こおんな）のおきんのはずはないと、おたまは言った。

あれを見たことが、おりよから何を奪ったのか。あれは、一年も前の話だ……。

首をくっちまったものは、楽だな、と、彼は目を上げ、呟（つぶや）いた。声は出さなかったが、おりよに語りかけるような気がした。

刃物を床に落とし、遊びに失敗したとみせたのは、もしかしたら、後に残る者へのおりよの心づかいかと思い、たかが十三の女の子がそこまで気がまわることはあるまい、とも思えた。しかし、しくじってもかまわないという気がなければ、できないことだ。

おりよの目には、世の中は、何の値打ちもないつまらないものとうつっていたのか。

英泉は台所に立ち、茶碗に冷酒を注いだ。思い直して、酒を流しに捨てた。今日だけは、飲まずに描く。そのくらいしか、彼にできることはなかった。おれが飲もうが飲むまいが、おりよにはどうでもいいことだな。酔いに逃げこめたら、この上なく楽なのだが、お津賀も逃げ場のない時を過している、と彼は思った。

部屋に戻り、彼は、新しい白紙を展（の）べ、筆を墨に浸した。穂先から雫が落ち、薄黒く紙に滲（にじ）みひろがった。

17

一気に、炸裂（さくれつ）するように、英泉の人気に火がついた。これまでに描かれたことのなかった、婀娜（あだ）で自堕落で哀しい女の描出が、新鮮な驚きと共感をもって世に受け入れられたのである。

正月、絵草紙屋の店頭を飾った英泉の錦絵は、刷り増しを重ねた。翌年の開板にそなえて、板元たちが足繁（あししげ）く訪れてくるようになった。

しかし、国貞との懸隔は、まだ縮まってはいない。国貞はこの年も、種彦の正本仕立物六冊をはじめ、三馬、馬琴、一九と、冊数にして五十冊近く、当代の人気作者の挿画を一人占めにしている観があった。

唯一、彼が国貞を凌ぐのは、秘画である。歌川一門が枕絵を出すという噂が去年立ったのだが、単に噂に終わった。

早晩、豊国は禁を解くに違いない、と北斎なども見ている。これほど、世間が望んでいるのである。しかも、お上はこのところ、取締りが手ぬるくなっている。歌川一門が進出してくる前に、地歩を固めておかねばならぬ、と思う。一方で、好敵手の手腕を見たい、という気持もあった。

来春の発市に備え、英泉は、この年、ひたすら描いた。谷峨の読本『斯波遠説七長臣』六冊、『いろは酔故伝』二冊などをはじめ、挿画だけでも数十冊、更に、一筆庵可候の筆名で『松の操物語』『桃花流水』『花柳街寄恋白浪』など人情本や合巻を書きその挿画も自ら描いた。憑かれたように想が湧き、文の筆も画筆も進んだ。

遊びの烈しさも度を増した。開板される前から、前借した画稿料は遊びの費えと酒の代に消えた。吉原は、深川よりはるかに金がかかる。しかし、濃艶な花魁が裾を乱し秘所をさらけ出す、その異様な魅力をも、彼は描きとめずにはいられなかった。

吉原総籬、つまり最高級の見世の座敷持ちも、揚げた。そのために、画稿料の大半は消えたが。そうして、下は夜鷹、舟饅頭、唄比丘尼の巣にもころげ込み、何か自虐的な快ささえ感じた。

『明烏後正夢』の成功に気をよくした長次郎は、改板して、来春は青林堂単独で出すことを計画し、その挿画も、彼は引き受けた。

更に、十返舎一九の『風声玄話』六冊の挿画の注文が、彼を駆り立てた。はじめて、一流ときわめつきの作者と組むことができたのである。

これがいけそうだとなると、板元たちも遅れをとるまいと競争心が起きる。注文を彼は、かたはしから引き受けた。大量に描いたからといって、歌麿の真似、英山の亜流でお茶をにごすことはなく、彼自身の女を描けると思った。彼の中に巣くった数知れぬ女たちが、わたしを描いておくれと、争ってせっついているように、彼は感じた。

彼を狂喜させたのは、馬琴の合巻『女阿漕夜網太刀魚』六冊と『照子池浮名写絵』六冊の挿画を頼まれたことである。

注文に来た板元に、

「ほんに、馬琴先生がわたしにと、名指しで?」と確かめずにはいられなかった。

前々から、目星をつけていなさったようだと、板元は言った。

すでに、瀬川如皐の『伎蘇義仲鼎臣録』二十冊、一九の『浮世清濁水加賀美』六冊、その他数々の挿画を抱え、大首絵の一枚刷りの約束もあり、更に、彼が他に類のないと自負する性の教典『枕文庫』の執筆にもとりかかっていたが、躊躇せず引き受けた。馬琴の挿画を描くということは、一流の画工と折紙をつけられることを意味した。

『枕文庫』は、艶本ではあるけれど、彼としては性の啓蒙書を書く意気込みであった。解剖図解には杉田玄白が和訳した『解体新書』を参考にし、明代の中国の書『三才図会』所載の易学人相図、子宮断面図、性交解剖図などをうつし載せ、更に『黄素妙論』『千金方』『婦人大全良方』『素問六元正記大論』『女仙外史』『抱朴子』など中国の性書、医書、稗史から得た知識を活用した。板元は青林堂で、長次郎は、これは必ず大評判になる、すてきに売れるに違いない、「前代未聞の代物だぜ。善さん、おまえはさすがに学があるよ」と発市をたのしみにしている。

　これだけ仕事を抱えながら、なお、大酒食らい、女郎屋通いは以前のとおりなので、板元は気を揉んだ。

　十月半ば、大手の板元山青堂の主が、彼のもとを訪れた。初対面である。

「英泉さん、たっての頼みがございます」

　言葉つきは丁寧だが、押しつけがましさが声の底にあった。

「来年の仕事ですか」

「いえ。年内に何とぞ」

「無理ですよ。どんな仕事か知らないが、来年にまわしてください。たいそうに言うのも何だが、年内は手一杯だ」

「それが、馬琴先生の、是非ともというお名ざしで」

「馬琴先生？　先生のは、お引き受けしましたよ」

「いえ、手前どもでやらせていただいておりますのは」

　八犬伝！　即座に閃いた。馬琴の諸作の中でも最高の人気作で、文化十一年の初篇以来延々と続き、すでに四輯二十巻まで出ている。

「しかし、八犬伝は柳川重信さんが……」

北斎の長女おみよとひところ世帯を持っていたが、離縁した柳川重信が、八犬伝の挿画は受持っている。

「実はその重信先生が、所用があるとかで上方へ行っちまったきりなんで。あっちで女にひっかかっているんじゃないでしょうかねえ。馬琴先生の草稿はとうにいただいてございます。お戻りになるのを待っておりましたんでございますが、もう、これ以上は待てません。彫りも摺りも、下絵ができたらすぐにも取りかかると、手をあけて待ちあぐねております。どうしたものやらと、あたくしは御膳ものどを通らぬほどで、そういたしましたら馬琴先生が、こちらの先生なら、腕は確かだし、仕事は手早いし、必ず間に合わせてくださるに違いないと。ねえ、あなた、八犬伝でございますよ。あなたの名前も、一躍上がること間違いなし。どんなもんでございましょう。決して御損になる話では」

帰ってもらいましょう、と、啖呵がのどまで出かかった。

馬琴が、八犬伝の挿画に彼を名ざした。嬉しくないわけがない。しかし、恩着せがましく慇懃無礼な山青堂の態度が、腹にすえかねた。

馬琴の八犬伝の挿画が描ける。その喜びと、山青堂から与えられた屈辱が、心の中でせめぎ合った。

「やりましょう」

彼は、言った。

「描いていただけますか。ありがたい。草稿の写しは、ここに持参いたしました。それから礼金だが、無理を頼むのだから、はずみます。しかし、今すぐには差し上げない。聞くところによると、あなたは、居所さだめず遊びにふけり、板元がたいそう難儀をするとか。こういたしましょう。この場所が、よくない。遊里に近過ぎます。わたくしどもの方で、もう少しましな住まいをととのえましょう。それが手付けの代りと思ってください。実は、心あたりの家もあります」

山青堂は、無遠慮に、殺伐とした狭い部屋を見まわした。

山青堂が用意してくれた住まいは、新橋惣十郎町の中二階建ての表長屋であった。家主への樽代（たるだい）やら向う一年分の店賃（たなちん）やらを山青堂が肩代りしてくれ、これが画稿料の一部の前渡しということになった。そのかわり、何をおいても先（ま）ず、八犬伝を仕上げるようにと山青堂はだんだん命令口調を強める。

惣十郎町から吉原、深川はたしかに少し遠いけれど、何、行けぬ道のりじゃあねえわ。築地（つきじ）汐留（しおどめ）に出りゃあ船宿がある。品川だってかえって近くなるというものだ。

そう彼は思ったが、越して来た翌日から山青堂の若い者が居催促で、できた分から一枚二枚でも彫師のもとに運ぶというありさまだ。飯炊（めした）きの婆さんも通ってくる。夕飯を外でとると、そのまま居酒屋などで酒浸りになってしまうからという山青堂の配慮であった。

しかし、八犬伝の物語のおもしろさが彼を惹きつけた。この物語に負けない画を、と工夫をこらすのは張合(はりあい)がある。もっとも、およその構図は作者の方で指定してくる。大幅に逸脱することは許されない。北斎はひところ馬琴の挿画を描いていたのだが、双方自分の主張を曲げず、喧嘩別れになってしまったのだそうだ。

若い者の目を掠(かす)めて飲みに出、その気になれば遊ぶ場所にも事欠かないのだが、八犬伝に惹きつけられ筆が走り、飲み遊ぶ気持のゆとりが無くなった。

長次郎はしばしば訪ねて来る。『枕文庫』を始めとする青林堂板行物の手厳しい催促のためである。

「おまえの面(つら)が鬼にみえるわ」

「あたしは、おまえの顔が福の神にみえる。ささ、精を出して青林堂を儲(もう)けさしてくんない」

豊国がいよいよ艶本を出すという話は、山青堂の若い者が洩らした。

「いつか中(じゅう)もそんな噂はきいたが、立ち消えたぜ」

「こんだァ間違えなし。何かよほど趣向を凝らしたと言いやす。彫工(ほり)も摺工(すり)も固く口止めされているとみえて、正体はいっこうにわからねえ」

その話を長次郎に告げると、長次郎も、これァ大敵だなと案じ顔になった。

暮も押しつまったころ、長次郎が風呂敷包みを持ってやって来た。

『枕文庫』の摺りが仕上がったと、見せに来たのである。まだ綴じてはなかった。二つ折りにもなっておらず、ひろげたままだ。

「これは、お女中方にも喜ばれる。閨中女悦の具の図。琳の玉に甲形、海鼠の輪に鎧形。琳の環、久志理、吾妻形。ああ、気が悪くなってきた」

気が悪いとは春情を催す意であるから、

「ばか。魔羅の形代を見て気の悪くなる男があるものか」

「いや、女の慕々がどのようになるかと思っただけで気がいく」

「これは？」と、英泉は、混っていた一枚に不審を持った。『枕文庫』ではない、ふつうの春画である。彼が描いたものではなかった。

製本は、一枚の紙を二つ折りにして閉じる。それゆえ、一枚にひろげた紙の右側には絵の左半分、左側には、めくった次の絵の右半分が描かれている。

右に描かれているのは、琴や大火鉢、などの諸道具を配し、着物の裾がのぞいている。投げ出された草双紙の表紙には、『つびつび草』と題簽が貼られていた。つびは女陰の称である。

左には、湯文字を乱した女の上半身があった。裸体である。男の足が二つ、女の軀の脇からのぞいていた。

「豊国だよ」と、長次郎は小馬鹿にしたような目を絵に向けた。

「摺師の小僧を手なずけて、摺り損なって捨てたやつを持ち出させた」

恐れるに足りないなと、英泉は拍子抜けした。ありきたりの絵だ。達者ではあるが、きわだった特色はない。もっとも、一枚だけでは、わからない。ほかに凄いものがあるのかもしれなかった。

「来春は、青林堂が『枕文庫』で勝名乗りだ」と長次郎は片目に笑いを浮かべた。

「お宝ァ、お宝」と、宝船に七福神の摺物を売り歩く声が、窓の下を通り過ぎる。

「あたしたちの宝船は、これさ」

長次郎は、女悦の具の摺物を押しいただいた。

「二日の夜は、『枕文庫』をあたしは枕の下に敷くよ。さぞ、吉い夢を見るだろう」


「なるほど。これァ趣向だ」

お栄は、見終えた艶本を英泉の膝もとに軽く放って返した。豊国が出した『逢夜雁之声』である。英泉の新居の二階であった。

従来の艶本は、一枚ずつ独立した春画を綴じ合わせ草紙に仕立てたものだが、これは、四篇の短い物語から成っていた。複雑なすじではないけれど、趣向としては目新しい。例えば、妓の恋心を疑って責める男。心中立てに、内股に男の名を彫らせる妓。疑いの解けた男が、女とむつまじく共寝、と、三枚にわたって話が展開する。

「なに、『枕文庫』の趣向には叶いはしねえわ」

長次郎は強がった。ただの強がりではない、珍しい本が出たというので、たいそうな評判が立ち、摺り増しを重ねている。『枕文庫』と『明烏』であたしは蔵が建つ、と長次郎は言い、念願どおり、通油町に、小さくはあるが表通りに面して見世を持つことにし、意気が上がっている。

英泉は、豊国の『逢夜雁之声』より、国貞の画に屈託があった。彼が、あがきにあがいて摑みとった、婀娜で鉄火で哀しい女の原型。国貞の女も、また、同じものをあらわしていたのである。よほどの見巧者でなければ見間違えるほど、二人の画風は接近してきていた。どちらがどちらを真似たというのでもない。国貞も、彼と同様、〝いまの女〟の表現を模索しているのだ。しかし、国貞の暮しぶりには、彼よりよほど余裕が感じられた。ゆったり、のどかに遊びながら、彼の飢え苛立った眼と同じものを、国貞はみつめ摑みとった。英泉は、そう感じた。

――おれは、妹たちを捨てた。国貞は、何を捨てたのだろう。

おりよの死の当座、彼は上昇の気流に乗りかけ、気が昂ぶっていた。おりよの死を、我れながら意外なほど、平然と受け止めていた。

実は、それに捉われたら己れが潰れると、強いて平静をよそおってきたのかもしれない。

――何のために、これほどに、妹たちを踏みにじってまで描くのだ。

それは、画業を続けるためには、自らに問うてはならぬ問いであった。おれでなくては、英泉の女は描けぬ。それが、答になるか……。

その年の秋、お津賀は、嫁いだ。船宿の後妻にと、縁談（はなし）が持ちこまれ、お津賀は即座に承知した。

18

両膝で裾前をはさみ、屋形船の開け放した障子の框（かまち）をつかんで、芸者たちは足先からするりと乗りこむ。箱丁（はこや）が三味線を手渡す。絃（いと）の調子を合わせる音がひとしきり川波にひびき、船頭は艫（とも）に備えてあるお燗場（かんば）で、銚子（ちょうし）の燗をつける。船宿で用意した料理の重詰もはこび入れられる。

お津賀はすでにほろ酔いの客を桟橋まで見送る。

「行っておいでなさいませ」と、決まり文句も口になじんだ。

「気をつけて頼むよ」

「あい、合点」

船頭は棹で岸をつく。

芸者たちの騒ぎ唄がにぎやかに始まる。

しばらく見送ってから、お津賀は部屋に戻った。長火鉢の火をかきたて、長煙管（ながぎせる）を吸いつける。

『若竹屋』の後妻に入って八年。最初はまごついたが、船宿のおかみが、すっかり板についた。軀の空く午後には、清元の弟子もとっている。

――何も不足はないやね。

自分に言い含める。

欠伸しかけたとき、亭主の弥十郎が入ってきた。お津賀は欠伸をかくし、小女を呼んで銚子を一本持ってこさせた。弥十郎の寝酒である。十四も年上の弥十郎には、お津賀がずいぶん若くみえるようで、寛大に扱ってくれる。弥十郎に抱かれても、お津賀は少しも肌が騒ぐことはなかった。

――これでいいのだ。

心も軀も騒がないのは、楽なのだ。

おりよが死んだ直後、お津賀は手鎖十日の刑を命じられた。家内取締りが不行届だという理由によるものであった。受刑は、お津賀をいくぶん慰めた。手鎖をしている間は、お津賀はおりよの夢を見ないですんだ。しかし、手鎖がはずされると、家の中の方々におりよの気配を感じた。つい今しがたまで草紙に読みふけっており、読みさしの本を伏せて手水に立った、というふうだ。孤りは耐えがたかった。しかし、兄はおりよの死さえはねつけ、おたまとは話をする気にもならぬ。おりよの影から逃れ出るように、お津賀は嫁いできた。

『明烏』で成功した長次郎は、青林堂を経営しながら、狂訓亭為永春水と名乗り、代作者助作者を集め、彼らの作に春水の名を冠して次々に人情本を出板している。謝礼を払えば、喜んで協力する戯作好きの素人や半玄人には事欠かない。

彼らは、為永連という連を作り、春水が助作者として本に名を出してくれるのを嬉しがり、合作にはげんでいる。

そうして、兄は、この数年、華やぎ立っている。八犬伝の挿画を始めとする読本の挿画、錦絵、大首絵、枕絵、その量のおびただしさ、人気の高さ、絵のみごとさ、国貞を凌いだと、お津賀には見える。挿画をひき受けた合巻、人情本、洒落本などの冊数にかぎっても、七百冊を越えた。

歌川派は、四年前、文政八年、総師の豊国が没したが、国貞、国直らが活躍し、小ゆるぎもしない。北斎一門も隆盛をきわめ、浮世絵、挿画は、この二門で占められた観がある。

――兄さんは、その中で、独り、党を頼まず屹立している。

誰にひきたててもらったのでもない。兄さんの力を、世間が認めずにはいられなくなったのだ。梅幸や路考、粂三郎など、人気役者の名で出す読本の代作も引受けている。兄さんは、筆も立つのだもの。

しかし、時たま会う兄は近ごろ顔色が悪く窶れが目立ち、想が湧かぬと呟くことがある。

床に入ると、弥十郎はすぐに寝入った。お津賀もとろとろしかけたが、遠い半鐘を聞いたように思い、起き上がった。出火を告げる不吉な音は、次第に近づく。弥十郎も目ざめ、二人で物干しに出てみた。西の方角の空が朱で裾を染めたように赤い。

「川向うだな」

弥十郎は言った。火が川を越えて本所深川まで類焼することはまずないだろうが、用心だけはしておこうと、男衆を起こし、いざといえば避難できるよう、家財を外にはこび出させた。

暁け方、火の手はしずまったので、お津賀も手を貸し、それらをはこび入れているところに、煤まみれ血まみれの男があらわれた。

兄であった。火に追われ、逃げのびてきたのだ。

お津賀はてきぱきと奉公人に指図して、兄を奥の部屋に憩ませ、医者を呼ばせた。火傷はそれほどひどくなかったが、ふくらはぎの肉が裂け、骨がみえていた。どこでどのようにして怪我したものか、おぼえがないと、兄は言った。

翌日、焼け出された春水もころがりこんできた。怪我はしていなかった。

早速売り出された焼場方面の付売り（瓦板）によると、火元は神田佐久間町、東神田一帯から、両国、新橋、数寄屋橋、日本橋と、江戸の中心地を焼きつくした大火であったことがわかった。

板元も大半被害を受けていた。

「青林堂が焼けちまったよ。見世も板木も」

春水は、人目もはばからず、哭いた。哭く春水が、お津賀には愛らしく思えた。時に見せる暗鬱な色は、ほとんど手放しで泣く春水の眸には、見られなかった。

『若竹屋』の居候は、もう一人増えた。おたまである。松島半二は、前々から、少しおたまに倦きがきていた。金で買われたも同然の妾であるから、男が倦いたと言えば、わずかなお手当てで放り出されても文句は言えない。半二は、本宅も妾宅も焼けたのを機に、おたまに暇を出した。

お津賀は、気持がはずんだ。お津賀の翼のもとに、皆が寄り集まってきたような気分だ。

懶惰に馴れたおたまは、たっぷり脂のついた白い猫のように、のんびりとしている。まわりの者がきりきりと小まめに立ち働いていても、自分には関わりないというふうなのだが、お津賀はそれも気にならなかった。

肉がたるみ醜く肥えすぎたおたまに、兄は、妖しく惹かれる気持は起きようもないらしく、お津賀は、安心した。

おりよのいないことだけが淋しいけれど、兄だの妹だの一つ家に住み、頼りになる夫がおり、春水もいて、今が一番倖せなのではないかという気がする。兄の足の怪我が当分癒えないでいてくれれば……と思っている自分に気づき、あれ、埒もないことを、と苦笑した。

焼けた見世を建て直し、もう一度書肆(ふみや)を興すのは、容易ではない。せっかく、為永春水の人情本は大人気を博している。とりあえず、戯作者として身をたててゆこうと思う。そう、春水は言った。しかし、合作に手を貸してくれた為永連は、散り散りになっていた。最大の助力者であった駅亭駒人は郷里の大坂に帰ってしまったし、『玉川日記』などを代作した松亭金水は代作者であることに慊(あきた)りず、戯作者として独立しようとしていた。春水は、初めて、独力で戯作を作りあげねばならなくなった。

英泉に助力を求めたが、英泉は、何か気力を失なっていた。

「絵筆をとろうとすると……」と、彼は春水には打ち明けた。おりよの顔が浮かぶ。つまらないことにあくせくしていなさる、と、妙に大人びた笑いを、幻のおりよは彼に向ける。

「やくたいもない。善さん、おまえは気弱すぎるよ」

「故郷(ふるさと)へ回る六部の気の弱り、というな」

「世話のやけることだ。尻押ししてやらねば動き出(いご)かさないのかえ」

短い期間に根をつめて、人気絵師になり上がった、そのために、ちょっとしたつまずきにも気落ちするのだろう、と春水は、気鬱の病人をあしらうように言った。

「たかが火事の一つぐらいで。廓(くるわ)を見ねえな。焼けては立ち直り、いっこうに衰えるどころじゃねえ」

「女郎屋でもやるか」

冗談のように、英泉は言った。

ほんの思いつきで口にしたことが、実現してしまった。たまたま居合わせた弥十郎が、根津に、見世を手放したがっている者がいるが、と、話に加わってきたのである。弥十郎は、すすめたわけではなかった。

しかし、英泉が乗り気になった。火事で怪我をして以来、軀の具合も思わしくなく、疲れやすい。軀の芯にうっとうしくけだるいものが溜まっている。これまでのように厖大な量を描きこなす自信が衰えていた。

更に、他人から指摘されたことはないし自分でも口にはしないが、彼は己れの画が硬直してきたことを感じていた。過去の己れを越えられぬ。手馴れた構図をくり返している。若かったころ、英山、北斎を模したように、〝英泉〟を、模している。それでも、世間は、もてはやすのをやめない……。

この年になって、ようやく、絵というものが視えてきた、これから、私も少しましなものが描けるだろう。そう、北斎が言っていると聞いたとき、彼は己れに見切りをつけたくなった。

これまでに視た以上のものは、おれには視えない……。

北斎は、かなりはったりもきかす。こう言えば、あるいはこうやれば、世間を感嘆させられると心得ている。俗離れしているようで、宣伝（ひろめ）はうまい。

英泉も、昨今、それに気づかないではなかったが、北斎の画風が、衰えを知らぬばかりか、一点に停滞していないことも、確実に彼には感じとれる。

女郎屋なら、これまで客として通った経験が役に立つから、ほかの商いよりはなじみがある。そんなことをしきりに考えた。考えている間は気がまぎれ、暗い穴の底に落ちこんでゆくような気分から逃れることができた。

上野から北西に五丁ほどの根津権現（ごんげん）は、四季、草木の花が美しく、参詣を兼ねた遊楽の地となっている。門前町には女郎屋が軒を並べ賑わっている。その中の一軒に英泉は居を移した。

合巻の挿画の注文は絶えないが、彼の筆は遅くなった。この年、馬琴が眼を患っていることを彼は知った。

そうして、狂言作者の大立者（おおだてもの）、鶴屋南北が、この年の暮に死んだ。敬愛する人々の不幸や死を知るごとに、英泉は、己が肌に生えた鱗を一枚一枚剝ぎとられ、血を流しながら無力になってゆくような感覚をおぼえた。

文政の、最後の年であった。翌年、年号は天保（てんぽう）と変った。

文化元年、『天竺徳兵衛韓噺（てんじくとくべえいこくばなし）』で人気を獲得して以来、血と黒い哄笑（こうしょう）と奇抜な仕掛けで江戸の人々を沸きたたせてきた南北の死は、一つの時代の終焉の予告であったのかもしれない。

天保と変ってほどなく、大飢饉が世を襲った。米価は高騰し、大規模な一揆が頻発しはじめた。しかし、それらはかすかな地鳴りのように、江戸の人々を恐怖させるにはまだ遠かった。

19

芸者の騒ぎ唄が流れてくる。段梯子を昇り降りする音や、廊下を行きかう足音が始終きこえる。

女郎屋の亭主の座に、居心地悪く腰を据えている彼に、見世の者が、春水の来訪を告げた。

「読んでおくれでないか」

座につくや、春水は、稿本の束を彼の膝前に置いた。

「まだ浄書はしていないから、読みにくいかもしれないが」

野に捨てた笠に用あり水仙花、それならなくに水仙の、霜除ほどなる侘住居、柾木の垣もまばらなる、外は田畑の薄氷、心解けあう裏借家も、住めば都にまさるらん。実と寔の中の郷、家数もわずか五六軒、中にこのごろ家移りか、万たらわぬ新世帯、主(あるじ)は年ごろ十八九、人品賤(ひとがらいや)しからねども、薄命(ふしあわせ)なる人なりけん、貧苦にせまるその上に……

「実を言えば、お津賀ちゃんに、ずいぶんと助(す)けてもらったのだよ。善さん、おまえは、あれほど春情たぎらす絵を描くに、人情本の筋立てはとんと駄目だの」

「お津賀が助けた……？」

信じられない思いであった。

纏綿(てんめん)とした、やるせない恋の物語である。ひたすらに、男につくす女。男をめぐっての女たちの達引(たてひき)。

「お津賀に戯作の才があるとは思わなんだ」

彼の目には、うっとうしいほど野暮できまじめな、気ぶっせいな妹であった。むやみにしつっこかったり、世話をやきすぎたり、離れていてくれと、押しやりたくなる。恋らしい恋もせず、人のすすめるままに、後妻になり……それが、こんな才を秘め持っていたのか。

弥十郎との、波風立たぬおだやかな暮らしの中で、ひそかな恋の物語を紡(つむ)いでいたのか……。

英泉は、かすかな嫉妬を妹におぼえた。開きはじめたばかりのお津賀の才は、初々しい勢いを持っていた。

「先の為永連は潰えたが、あたしは、また、助作者を集めるつもりだよ。お津賀ちゃんは、新・為永連の連頭だ」

英泉の焦りに気づかぬように、春水はお津賀を持ち上げた。

翌春発市された春水のこの人情本『春色梅児誉美』は、かつて『明烏』がいっきょに得た人気を更に数層倍上廻って、熱狂的に世に迎え入れられた。

読本と違い、春水の人情本は、筋はつけ足りで、男と女の情緒的な場面の描写が大半を占める。年若い娘たちは、自分を物語の中の女におきかえ、恍惚とするらしかった。『梅児誉美』の成功で、春水のまわりには再び取巻きが集まり始めた。書肆からの注文も殺到した。

英泉が女郎屋をはじめて丸二年と少し経った師走、谷中、根津は出火し、見世は焼けくずれた。

再び、お津賀のもとに、一時身を寄せるほかはなかった。お津賀は引きとめたが、英泉はすぐに仮住まいを探し、移った。更に、下谷池之端に小体な家をみつけ、そこに腰を落ちつけた。

飯炊きや、新弟子が同居するようになった。ここで彼は『色自慢江戸紫』だの『古能手佳史話』だの、濃艶な艶本を描き上げた。

読本や春水の人情本の挿画も描いたが、量は減少した。軀がだるく、時に発熱する事がある。そのためもあるが、おりよの眸に妨げられもした。

春水は、お津賀を筆頭とする代作者、助作者との合作で、矢つぎ早に、おびただしい人情本を出し、人気は過熱した。

彫りと摺りの技術が進み、錦絵は華麗をきわめていた。幕府はしばしば禁令を出し、江戸の町から陶酔的で危険な色彩を消し去ろうとした。

過剰に華美な錦絵を店頭に並べれば咎めを受けるので公に人目に触れることのない秘画に、彫師摺師は技術の限りを競った。陰にひそむことで、春画はよりいっそう淫蕩に、絢爛と、人々を酔わせた。

しかし、表向き売られる浮世絵は、貧弱なものにならざるを得ない。

「何だか味気のうござんすね」

錦絵と呼ぶにはあまりに色数の少ない淋しい一枚絵に、お津賀は目を投げる。

所用で近くまで来たからと、珍しく兄が立ち寄った。「兄さんは、汗をかかないたちなんですね、この暑さに」

座敷に通し、団扇で風を送りながらお津賀が言うと、汗は軀の内側に流れるようで、気分はよくない、と兄は大儀そうに、畳についた片手に軀の重みをあずけた。

おたまは肥えた軀をもてあましたように傍に寝そべり、うつらうつらしている。

お津賀と英泉の目が、言い合わせたように、浴衣に汗の滲み出たおたまの背に向けられた。

同じことを思い出していた。

唐突に、英泉は立ち上がった。

「もう帰りなさるんですか。来たばかりなのに」

お津賀の声に耳をかさず、『若竹屋』を出た。

その足で日本橋、通一丁目の板元『玉泉堂』を訪れた。

「一枚絵の工夫がついた」

彼の声は、若いころのはりとはずみを取り戻していた。

「お上はおれたちから色を奪おうとする。その禁令を、逆手にとってやる」

英泉の提案に、玉泉堂は渋い顔をみせた。

「あんまり陰気な暗い絵になりはしませんかね」

大丈夫だ、と英泉はきっぱり言いきった。

かつて彼を開眼させた、おたまの背に描いた女には、藍一色のほかは、わずかな紅しか与えなかったではないか。

生膚(いきはだ)という、特殊な画布ではあった。

しかし、極彩色の対極にある藍一色の女は、凄艶な翳を帯びて世に出現するのではないか。

「ベロ藍というのがあるだろう、和蘭陀(おらんだ)わたりの。あれを使っておくれ」

「なるほど、ベロ藍なら……」

和製の藍にくらべ、発色がはるかに鮮烈だ。

翌春発市（うりだ）された、英泉描く頽廃（たいはい）の気配濃い藍一色の女は、江戸の人々を新鮮な蜜のねばりでからめとった。


英泉は、気力、意欲がよみがえるのを感じた。しかし、体力の衰えが彼を裏切った。

微熱にのどの涸（かわ）きをおぼえながら、——おりよ……、彼は、おりよの眸（め）に語りかける。

縄の輪に首を入れながら、おまえは、おれを呼んでいたのか、見てくれ、と。おれには聴こえなかった……。

朝顔の蔓にからみつかれた細竹に己れをなぞらえたことがあったのを彼は思い出し、おれの方が、朝顔から、精気を、いのちを、吸いとって己れの養ないにしていたのかも……、そんな気がした。

20

天保十三年二月。五台の大八車が、日本橋の通りを北町奉行所に向かう。

満載されているのは、押収された、春水の人情本とその板木であった。

老中水野忠邦（ただくに）は、前年、大御所家斉（いえなり）の死を契機に、幕政の改革に着手した。奢侈（しゃし）禁止令が発布され、少しでも華美、奢侈、淫蕩の気配のあるものは、苛酷な取締りの対象となった。

十三年には、錦絵、合巻、人情本の売買も禁止になり、春水は正月早々奉行所に呼び出された。卑猥な人情本を書いたことを咎められ、吟味がすむまで入牢（じゅろう）させられた。手鎖五十日と刑が決まり、六月に帰宅したときは、足腰も立たぬほど憔悴（しょうすい）していた。半年近い入牢が身にも心にも応えたのである。

春水ばかりではなかった。このとき、世のみせしめの為（ため）の刑は、柳亭種彦、板元七人、板木師三人に及んだ。

板木師の中には、一人立ちした粂吉がいた。粂吉は、入牢中に縊死（いし）した。

罪人にされるかされないかは、全く、役人の恣意（しい）にかかっていた。淫猥を咎められるのであれば、江戸中の浮世絵師はすべて、牢に入らねばならぬところだ。英泉にしたところで、もし吟味を受ければ、言い開きをする余地はなかった。淫（みだ）らでない秘画など、秘画とは言えない。

柳亭種彦は、文化八年からこの年に至るまでの三十一年間に、百三十篇にものぼる合巻をあらわした、人気随一の作者だが、中でも文化十二年から開板された『偐紫田舎源氏（にせむらさきいなかげんじ）』は、馬琴の八犬伝と並ぶ最高の人気作であった。源氏物語の構成にならい、将軍足利家の営中を舞台に、光源氏になぞらえた足利光氏の色模様をつづったものである。種彦が処罰されたのは、田舎源氏が、大御所家斉の乱脈な後宮を諷刺したためだと、噂された。その挿画を描いた国貞には咎めはなかった。

種彦は、出獄の後、自害した。

「善さん、牢にだけは、入るもんじゃねえぜ」

牢でのびた髯を剃り落としたあとが青白い春水は、手鎖をかけられたまま、床の上に起き上がり、三つ折りにした夜具に弱々しく寄りかかっていた。

「手鎖なんざ、お牢の恐ろしさにくらべたら屁でもねえわ」

自分が人間だと思ったら、一刻も耐えられるものではない。我も他人も犬か狸だと思い、心の動きを殺して、こけのようになっているほかはない。それでも軀の苦痛がこたえる。

もう、二度とあの思いだけは……と春水は言い、それでも、手鎖ですんだのは、おれには、まあ、運のいい方だ、と呟いたが、弾圧は翌年も続いた。入牢中の無理がたたり、腎臓を悪くし、小水がつまり全身がむくむようになった。板木はすべて焼き捨てられ、男女の情をこまやかに書くことを禁じられ、再起の気力も失なっていた。二年ほど床についた。息をひきとるとき、みとっていたのは、たまたま、お津賀一人であった。

暁けの星が、まだ残っている。川面は暗い。

船を下りる拍子に、つまずいた。

「おかみさん、危うござんすよ」

船頭が手を添える。

お津賀は、手にした鉢をかかえ直した。割らないでよかった……。鼻緒がゆるんでいる。古いちびた下駄を履いてきてしまった。足もとはすっきりしているようにと、いつも心がけているのだが、兄のところに行くのだからそう気を張ることもない。まあ、いいか。今から履きかえに戻るわけにもいくまい。

「暗うござんすから、お気をつけんなって」

「早いうちから、はばかりさんだったね。提灯をおくれ」

右手にぶら提灯、左手に鉢をかかえ、お津賀は、浅草から上野の方に向かう。車坂のあたりまで来かかるころ、空は明けはなれた。

蕾を袂でおおい、日の光を浴びぬようにして、お津賀は足を速めた。開花の瞬間を、兄に見てほしかった。

不忍池(しのばずのいけ)をめぐり、兄の住まいの戸を叩いた。住み込みの弟子が眠そうな顔を出し、

「おや、若竹屋のおかみさん」と驚いた声をあげる。

「兄さんにね、取次いでおくれ」

「ゆんべは、暁け近くまで仕事をしていなさって、まだお寝(よ)ってですが」

「お津賀が、たっての用があるからと」

「へい。そんなら、ちっとお待ちんなって」

「ここで待たせてもらいますよ」

土間の上がり框に、お津賀は腰を下ろした。

兄は、天保の改革の後、絵筆を控え、そのかわり、読本を書くことに専念するようになった。種彦の死以来、読本は極度に衰微した。みだら絵を描くことが許されぬのであれば、読本の再興に力を尽そうと心を決したのか。もともと、狂言作者を志したほどであるから、好きな道には違いなかった。

単衣に着かえ、英泉は二階から下りてきた。ゆるめた衿元からのぞく胸は肋が浮くほど痩せている。労咳が進んでいると、本人も承知だ。

「何かあったのか」

「悪い話じゃござんせん。兄さん、見てください。おりよの朝顔が、はじめて、変化花を……」

「暗いな」と英泉は言った。

「外に出よう。もう、明けただろう」

「とうに」

鼻緒のゆるんだ下駄をひきずって、お津賀は先に表に出た。

すがすがしい大気を、お津賀は胸に吸い、朝顔の鉢を兄に見せた。千筋に裂けた青い花弁を、朝顔は開かせていた。

「毎年、種子を採っては播いて育てていたんです。そうしたら、ようやく、これ一つが。昨日の朝、はじめて開いた花を見て、息がとまるほど驚いちまいましたよ」

「息がとまるは、大仰な」

兄は苦笑し、鉢に目を放った。

「おまえ、少し肥えたな」と、朝顔とは関りないことを、英泉は言った。

「いやですよ」

「世話のやける長次がいなくなったから、それで肥えたのかな」

「長次さんは、世話はやけませんでしたよ」

「為永春水の人情本は、あらかたおまえが手を貸してやっていたじゃねえか」

「たのしい仕事でござんした」

「御改革も沙汰止みになった。もうちっと、あいつが……。手鎖がよほどこたえたものだの。いや、手鎖よりはお牢の暮らしか」

「あのくらいの罰を受けるのは、あたりまえなんです、あのひとは」

お津賀の声の烈しさに、英泉は、けげんそうな眼を向けた。

打ち首、獄門になってもしかたのない人なんです。

その言葉を、兄に告げるのは、お津賀は控えた。死期を予感したからだろうか、春水は、狂言方の勘七が出刃で殺され、大川に浮いていたことがあったろう、あれは、おれだ、と語ったのだった。

どうして……。

おれの眼を潰したのが、あいつだから。

あの……兄さんではなかったのですか。眼を潰された仕返しのために勘七さんを……？

そうじゃねえ。

その後、春水が語った言葉の意味は、お津賀は理解できなかった。いや、おそろしくよくわかるようで、お津賀は、わかりたくなかったのかもしれない。

春水――越前屋長次郎は、書肆青林堂を発足させたばかりのころ、勘七が、いずれ狂言の重要な幕を書かせてもらえるようになったら、こういう話を書くつもりだ、と語った種を、無断で、自作として書き出板してしまった。勘七の名は出さず、礼金も渡さなかった。勘七はそれをひどく根に持った。

芝居見物の最中に喧嘩騒ぎが起きたとき、勘七は彼に打ちかかり、眼を傷つけた。

彼は、誰にも言わなかった。そのかわり、勘七をおどし、金をまきあげた。ゆすりである。そのかねが、開板の資金になり、お津賀が清元師匠としての看板を上げるための費用にもなった。

お津賀がわからないのは、いや、わかりたくないのは、その先である。

度重なる強請にやりきれなくなった勘七が長次郎を刺し殺そうとし、争ったはずみに、逆に長次郎が相手を刺してしまった。こういう話なら、たいそうよくわかる。

しかし、長次郎が言ったのは、違う言葉であった。

勘七は、こんなにゆすられるのは叶わないから、自分が長次郎の目を潰したことを公にする、と言い出したのだそうだ。

あたしはね、この眼は、善さんに潰された。そう思っていたかった。

わたしも、兄さんかと……。

お津賀にそう思わせるような態度を、長次郎はあのころみせたのだった。

これほど強い絆はないものを。

長次郎は、そう言ったのである。

長次郎の、奇妙にねじくれた思考を、お津賀は、兄に告げる気はしなかった。

「兄さん」

鉢を渡そうとすると、兄は少し手を引いた。

そうして、「おまえは……」と言いかけ、止めた。

あいかわらず、おせっかいだ、と言おうとしたのだろうか。お津賀は兄の言葉の先を探った。

風が吹いた。朝顔は、千筋の葩をふるわせた。

お津賀が歩き出すと、兄は、葩からお津賀の足もとに目をうつし、

「下駄を買ってやろう」と言った。

翌年の秋、英泉は没した。

解説　狂い花の血脈

門賀美央子

春画——男女の秘め事を大胆に描いた江戸時代のポルノグラフィは、ここ数年ですっかりポピュラーになった。

きっかけは、かの大英博物館で二〇一三年から一四年にかけて開催された特別展だ。博物館史上初、16Rのレーティング付きで春画だけに特化した異例の展示は、世界中から大きな注目を集めた。日本でも、一五年に東京、一六年に京都で凱旋巡回展を催したところ、記録的な来場者数となったそうだ。

かつては日本絵画史の恥部扱いされることさえあった春画が、堂々たる鑑賞の対象として公に認められたのだからたいした変化だが、さて、本書の主人公である渓斎英泉（けいさいえいせん）がこの状況を見たならば、一体なんと言うだろう。

あぶな絵も枕絵も精魂込めて描いたんだ、評価は当然のこと、と嘯く（うそぶ）だろうか。

それとも、ワじるしなんぞ金が目当ての手慰み、ゲイジュツたあしゃらくせえ、とせせら笑うだろうか。

渓斎英泉（一七九一～一八四八）は、江戸文化が爛熟の極みにあった文化文政期に人気を博した浮世絵師だ。寛政の改革が始まった四年後に生まれ、黒船が来航する五年前に没している。

今でこそ知名度では同時代に活躍した葛飾北斎や歌川広重に一歩も二歩も譲るものの、特に美人画や春画において独自の画境を開いた絵師として、内外で高い評価を受けてきた。

たとえば、一八八六年にフランスで刊行された雑誌「パリ・イリュストレ」の日本特集号では、並み居る大家を押しのけて、英泉の「雲龍打掛の花魁」が表紙を飾っている。該当号に記事を書いたのは当時フランスで活動し、日本美術の紹介に力を尽くしていた美術商の林忠正だが、表紙画の選定には編集長のシャルル・ジローなど目の肥えたフランスの美術関係者が深く関わっていたのは言うまでもない。

黒地に雲龍をあしらったモダンなデザインの打掛を軽く着こなし、S字にカーブする猫背でポーズをとる花魁は、遊女でありながらやけに眼光鋭く、威嚇するようにあたりを睥睨する。

この眼差しに射抜かれた（たぶん）のが、後期印象派の巨匠フィンセント・ファン・ゴッホだった。ゴッホは、自ら油彩で模写するほど、この絵に傾倒した。ジャポネズリの代表作として有名な「タンギー爺さんの肖像」の背景にも、三代目歌川豊国の美人画や広重の風景画に並べて同画を用いているのだから、よほど気に入ったに違いない。

英泉の浮世絵には、芸術の国の目利き連に選ばれるほどの、確かな力があったのだ。

そんな英泉の画風は、一般的には濃艶とも退廃的とも評されるが、画家の木村荘八は「英泉の女絵」と題したエッセイの中でこう語っている。

　僕はいつも英泉の女あたりに見るイキ、或いはイナセと云おうか、伝法とも云おうか、仇っぽいと云うか——の、この一種の的確たる江戸風態について、特別の興味がある

つまり、文化文政期に確立した江戸の美意識を煮詰めたら「英泉の女」になる、というわけだ。しかし、後に続く文章で木村自身も触れているように、粋な女を描いた絵師ならいくらでもいる。

では、英泉の女は他と何が違うのか。

答えは、独特のふてぶてしい挑発的な表情にある。

今現在入手可能なもので、英泉の美人画をもっともまとめて鑑賞できるのは二〇一二年に千葉市美術館で開催された「浮世絵師　渓斎英泉」の図録だが、これを通覧すれば一目瞭然。文化期はまだ師・菊川英山の影響から抜けきれない普通の美人を描いているものの、文政期に入ると俄然女たちの目が凄みを帯びてくる。それは、憂き世を浮き世と生きる覚悟を決めた女、もっと卑近な表現をするならば「人生に開き直った女」の目といえる。春画になるとそれが一層顕著で、女たちは快楽におぼれているというよりも、

痴態を見せつけておもしろがっているようにさえ見えるのだ。

女の開き直りは、ある種の男にとっては、背徳であり堕落と映るだろう。

だが、英泉はそこに美を見出した。「英泉の女」とは、男に見られるための女ではなく、酸いも甘いも呑み込んだ末に、己の胆力によって乱れ咲いた女たちなのだ。

天性の小説家・皆川博子が本作で描いたのは、そんな「英泉の女」が生まれるまでの物語である。

女郎買いからの帰り道、小舟に横たわったまま大川（隅田川）を流されていく英泉。冒頭、たった一ページほどのこんなシーンで、英泉という男の、刹那的でどこか投げやりな性格がくっきりと浮き彫りにされる。

そして、続く朝顔市の場面では、本作のテーマが英泉と妹たちとの関係性にあることが示される。大事な部分なので、引用しておこう。


清楚な花々の中に、狂い咲きの血をひそめ持った花が在(あ)るのだ。

親花から採れる種子は三通りにわかれる。

病いが顕現して、華麗妖異な狂い花を咲かせ、一代で絶えるものと、親花同様に病いの血をひそめ持ちながら何くわぬ顔で平凡な花を咲かせ、妖花の血を子供に伝えるもの、そうして、全く病いを受け継がぬ健(すこ)やかで凡庸な種子。

そんな講釈を彼にきかせたのは、お栄の父親の絵師、北斎であった。

その講釈を受け、お栄は、

おまえの妹も、そういやあ、三人だな。いずれ、三通りに咲きわかれるかもしれねえよ。

と述懐するのだが、この予言めいた言葉の通り、三通りに咲いた狂い花の血脈が結託して「英泉の女」を築き上げていく道程が語られていく。

英泉流美人画の完成に、娼門酒楼での放蕩が多大に寄与したことは間違いなく、ゆえに英泉がらみの創作では、彼と彼を囲む女の関係を描くことが多い。

英泉を主役に据えた他作家の小説としては伊藤榮(さかえ)の『枕絵師・英泉』や太田經子(きょうこ)の『青眉の女——英泉秘画』があり、いずれも女関係を濃く描いてはいるが、妹たちにはさほど重きを置いていない。唯一、矢代(やしろ)静一の戯曲『淫乱斎英泉』が妹の一人を主要人物としているものの、画業に影響を与える役どころではない。まして、英泉が脇役である藤沢周平の短篇「溟(くら)い海」や杉浦日向子(ひなこ)の漫画『百日紅(さるすべり)』には気配すらない。

一時代を築いた絵師の生きざまを、妹たちとの関係性から描いた作品は、この『みだら英泉』をおいて他にはないのである。

お津賀(つが)、おたま、おりよと名付けられた妹らは実在の人物ではある。しかし、名前を含め、その生涯は詳らかではない。相次いだ両親の死による一家離散は史実だが、それ以外の人生や人物像は、名も含め、著者の想像によるものだ。

では、なぜ著者は「画家・英泉を大成させた女」に三人の妹を選んだのだろうか。そこを考えた時、ふと思い浮かんだのが、著者が愛するという一篇の詩だった。

姉は血を吐く、妹は火吐く、可愛いトミノは宝玉を吐く。
ひとり地獄に落ちゆくトミノ、地獄くらやみ花も無き。
鞭で叩くはトミノの姉か、鞭の朱総が気にかかる。
叩け叩きやれ叩かずとても、無間地獄はひとつみち。
暗い地獄へ案内をたのむ、金の羊に、鶯に。

（西條八十「トミノの地獄」より一部抜粋）

悪夢のようなこの光景、なにやら三姉妹の人間模様に重なりはしないだろうか。自堕落ゆえに英泉のミューズとなるおたま、そんなふたりの関係に悋気の炎を燃やすお津賀、兄姉たちの葛藤を冷ややかに見つめるおりよ。

前述した北斎の変化朝顔の喩えに当てはめると、狂い花はおたま、健やかで凡庸な種子はお津賀、病の血をひそめ持つのがおりよ、ということになるのかもしれない。だが、最後まで読み進めると、そう短絡したものでもないと思えてくる。

果たして狂い花は誰なのか。答えは、読み手の価値観によって変わるのだろう。あるいは英泉こそが一番の狂い花とするのが正答なのかもしれない。

腹違いの兄を挟んでせめぎ合う女の業と、それすら養分にしてしまう画家の業。果たしてどちらが無間地獄なのか。暗い地獄に案内されたのは、兄か、それとも妹か。

物語の終盤、一人が思わぬ形で地獄へ先駆けていくが、それをきっかけに英泉の画は完成する。著者は、血の繋がる兄妹だからこその修羅を通して、創作者が抱える悪魔的なまでに凄絶なエゴイズムを描こうとしたのではなかったか。

本作が発表された一九八八年頃というと、著者は『恋紅』で直木賞を取った後、時代小説を次々発表していた充実の時期にあたる。しかし、東雅夫編著『ホラーを書く！』に収録されたインタビューによると、直木賞受賞によってべったりと貼りつけられた「時代小説家」のレッテルにほとほと嫌気がさしていた、のだそうだ。出版社からは江戸市井の人情ものを依頼される。だがそんなものは書きたくもない。商業的要請と作家の自我のせめぎ合いが、英泉という強烈な個性を放つ絵師を通して顕現したのが『みだら英泉』――エゴイズムの彷徨を描く本作は、この時期だからこそ生まれたのではないかと思えるのである。

実際、本作は、著者の近世文学への造詣の深さが如実に表れた小気味のいい江戸言葉や、鮮やかな風俗描写によって、江戸趣味の濃い時代小説の皮をかぶりながらも、絵師の自我形成を深く穿つ現代的な小説に仕上がっている。英泉兄妹だけでなく、英泉の良き理解者である北斎やその娘お栄、ライバルの歌川一門、そして英泉を世に出す力となった越前屋長次郎（後の為永春水）など、同時代の文化を彩った人間たちの、英泉を巡る心理劇もやはり現代的だ。

自伝には己を荒淫・奇行の人として記した英泉だが、同時代の資料を見る限り、むしろ好人物として周囲にあたたかく受け入れられていたらしい。また、絵への情熱は歳を重ねるにつれ冷めていった。後半生では徐々に文筆業に足場を移し、元武士の教養を活かした考証本を出すなど知識人としての仕事をしているのだ。

少なくとも、晩年の英泉は絵を捨てている。

――何のために、これほどに、妹たちを踏みにじってまで描くのだ。

ここまで思い詰める英泉は、現実にはいなかったのかもしれない。

しかし、描かれた「英泉の女」たちを見る限り、やはりただごとではない魂の闘いがあったと思わせる何かがある。その「何か」が、かつての著者自身の葛藤と共鳴し、この濃密な作品に結実した。そんな風にも読めるのだ。

（もんが・みおこ　文筆家、書評家）

この作品は、一九八九年三月新潮社から刊行され、
一九九一年九月新潮文庫に収められました。

みだら英泉（えいせん）

二〇一七年 三 月一〇日 初版印刷
二〇一七年 三 月二〇日 初版発行

著 者 皆川博子（みながわひろこ）

発行者 小野寺優
発行所 株式会社河出書房新社
〒一五一-〇〇五一
東京都渋谷区千駄ヶ谷二-三二-二
電話〇三-三四〇四-八六一一（編集）
〇三-三四〇四-一二〇一（営業）
http://www.kawade.co.jp/

ロゴ・表紙デザイン 粟津潔
本文フォーマット 佐々木暁
本文組版 株式会社創都
印刷・製本 中央精版印刷株式会社

Printed in Japan ISBN978-4-309-41520-8

花闇

皆川博子　41496-6

絶世の美貌と才気を兼ね備え、頽廃美で人気を博した稀代の女形、三代目澤村田之助。脱疽で四肢を失いながらも、近代化する劇界で江戸歌舞伎最後の花を咲かせた役者の芸と生涯を描く代表作、待望の復刊。

黒死館殺人事件

小栗虫太郎　40905-4

黒死館を襲った血腥い連続殺人事件の謎に、刑事弁護士法水麟太郎がエンサイクロペディックな学識を駆使して挑む。本邦三大ミステリの一つ、悪魔学と神秘科学の一大ペダントリー。

日影丈吉傑作館

日影丈吉　41411-9

幻想、ミステリ、都市小説、台湾植民地もの…と、類い稀なユニークな作風で異彩を放った独自な作家の傑作決定版。「吉備津の釜」「東天紅」「ひこばえ」「泥汽車」など全13篇。

日影丈吉　幻影の城館

日影丈吉　41452-2

異色の幻想・ミステリ作家の傑作短編集。「変身」「匂う女」「異邦の人」「歩く木」「ふかい穴」「崩壊」「蟻の道」「冥府の犬」など、多様な読み味の全十一篇。

そこのみにて光輝く

佐藤泰志　41073-9

にがさと痛みの彼方に生の輝きをみつめつづけながら生き急いだ作家・佐藤泰志がのこした唯一の長篇小説にして代表作。青春の夢と残酷を結晶させた伝説的名作が二十年をへて甦る。

きみの鳥はうたえる

佐藤泰志　41079-1

世界に押しつぶされないために真摯に生きる若者たちを描く青春小説の名作。新たな読者の支持によって復活した作家・佐藤泰志の本格的な文壇デビュー作であり、芥川賞の候補となった初期の代表作。

大きなハードルと小さなハードル

佐藤泰志　41084-5

生と精神の危機をひたむきに乗り越えようとする表題作はじめ八十年代に書き継がれた「秀雄もの」と呼ばれる私小説的連作を中心に編まれた没後の作品集。作家・佐藤泰志の核心と魅力をあざやかにしめす。

家族写真

辻原登　41070-8

一九九〇年に芥川賞受賞第一作として掲載された「家族写真」を始め、「初期辻原ワールド」が存分に堪能出来る華麗な作品七本が収録された、至極の作品集。十五年の時を超えて、初文庫化！

十九歳の地図

中上健次　41340-2

「俺は何者でもない、何者かになろうとしているのだ」——東京で生活する少年の拠り所なき鬱屈を瑞々しい筆致で捉えたデビュー作。全ての十九歳に捧ぐ青春小説の金字塔。解説／古川日出男・高澤秀次。

千年の愉楽

中上健次　40350-2

熊野の山々のせまる紀州南端の地を舞台に、高貴で不吉な血の宿命を分かつ若者たち——色事師、荒くれ、夜盗、ヤクザら——の生と死を、神話的世界を通し過去・現在・未来に自在に映しだす新しい物語文学。

新装版　なんとなく、クリスタル

田中康夫　41259-7

一九八〇年東京。大学に通うかたわらモデルを続ける由利。なに不自由ない豊かな生活、でも未来は少しだけ不透明。彼女の目から日本社会の豊かさとその終焉を予見した、永遠の名作。

猫の客

平出隆　40964-1

稲妻小路の光の中に登場し、わが家を訪れるようになった隣家の猫。いとおしい訪問客との濃やかな交情。だが別れは唐突に訪れる。崩壊しつつある世界の片隅での生の軌跡を描き、木山捷平賞を受賞した傑作。

久生十蘭ジュラネスク　珠玉傑作集

久生十蘭　41025-8

「小説というものが、無から有を生ぜしめる一種の手品だとすれば、まさに久生十蘭の短篇こそ、それだという気がする」と澁澤龍彥が評した文体の魔術師の、絢爛耽美なめくるめく綺想の世界。

十蘭万華鏡

久生十蘭　41063-0

フランス滞在物、戦後世相物、戦記物、漂流記、古代史物……。華麗なる文体を駆使して展開されるめくるめく小説世界。「ヒコスケと艦長」「三笠の月」「贖罪」「川波」など、入手困難傑作選。

十蘭ビブリオマーヌ

久生十蘭　41193-4

生誕一一〇年、澁澤龍彥が絶賛した鬼才が描く、おとこ前な男女たち内外の数奇譚。幕末物、西洋実話物語、戦後風俗小説、女の意気地……。瞠目また瞠目。

十蘭ラスト傑作選

久生十蘭　41226-9

好評の久生十蘭短篇傑作選、今回の７冊目で完結です。「風流旅情記」など傑作８篇。帯推薦文は、米澤穂信氏→「透徹した知、乾いた浪漫、そして時には抑えきれぬ筆。十蘭が好きだ。」

白骨の処女

森下雨村　41456-0

乱歩世代の最後の大物の、気宇壮大な代表作。謎が謎を呼び、クロフツ風のアリバイ吟味が楽しめる、戦前に発表されたまま埋もれていた、雨村探偵小説の最高傑作の初文庫化。

消えたダイヤ

森下雨村　41492-8

北陸・鶴賀湾の海難事故でダイヤモンドが忽然と消えた。その消えたダイヤをめぐって、若い男女が災難に巻き込まれる。最期にダイヤにたどり着く者は、意外な犯人とは？　傑作本格ミステリ。

琉璃玉の耳輪

津原泰水　尾崎翠〔原案〕　41229-0

３人の娘を探して下さい。手掛かりは、琉璃玉の耳輪を嵌めています——女探偵・岡田明子のもとへ迷い込んだ、奇妙な依頼。原案・尾崎翠、小説・津原泰水。幻の探偵小説がついに刊行！

最後のトリック

深水黎一郎　41318-1

ラストに驚愕！　犯人はこの本の《読者全員》！　アイディア料は２億円。スランプ中の作家に、謎の男が「命と引き換えにしても惜しくない」と切実に訴えた、ミステリー界究極のトリックとは⁉

花窗玻璃（はなまどはり）　天使たちの殺意

深水黎一郎　41405-8

仏・ランス大聖堂から男が転落、地上80mの塔は密室で警察は自殺と断定。だが半年後、再び死体が！　鍵は教会内の有名なステンドグラス…。これぞミステリー！　『最後のトリック』著者の文庫最新作。

悲の器

高橋和巳　41480-5

39歳で早逝した天才作家のデビュー作。妻が神経を病む中、家政婦と関係を持った法学部教授・正木。妻の死後知人の娘と婚約し、家政婦から婚約不履行で告訴された彼の孤立と破滅に迫る。亀山郁夫氏絶賛！

邪宗門　上・下

高橋和巳　41309-9　41310-5

戦時下の弾圧で壊滅し、戦後復活し急進化した“教団”。その興亡を壮大なスケールで描く、39歳で早逝した天才作家による伝説の巨篇。今もあまたの読書人が絶賛する永遠の“必読書”！　解説：佐藤優。

憂鬱なる党派　上・下

高橋和巳　41466-9　41467-6

内田樹氏、小池真理子氏推薦。三十九歳で早逝した天才作家のあの名作がついに甦る……大学を出て七年、西村は、かつて革命の理念のもと激動の日々をともにした旧友たちを訪ねる。全読書人に贈る必読書！

信長は本当に天才だったのか

工藤健策　40977-1

日本史上に輝く、軍事・政治の「天才」とされる信長。はたして実像は？その生涯と事績を、最新の研究成果をもとに、桶狭間から本能寺の変まで徹底的に検証する。歴史の常識をくつがえす画期的信長論。

時代劇は死なず！　完全版

春日太一　41349-5

太秦の職人たちの技術と熱意、果敢な挑戦が「新選組血風録」「木枯し紋次郎」「座頭市」「必殺」ら数々の傑作を生んだ——多くの証言と秘話で綴る白熱の時代劇史。春日太一デビュー作、大幅増補・完全版。

被差別文学全集

塩見鮮一郎〔編〕　41474-4

正岡子規「曼珠沙華」、神近市子「アイデアリストの死」から川端康成「葬式の名人」、武田繁太郎「風潮」の戦後まで、差別・被差別問題を扱った小説アンソロジーの決定版。

藩と日本人　現代に生きる〈お国柄〉

武光誠　41348-8

加賀、薩摩、津軽や岡山、庄内などの例から、大小さまざまな藩による支配がどのようにして〈お国柄〉を生むことになったのか、藩単位の多様な文化のルーツを歴史の流れの中で考察する。

龍馬を殺したのは誰か　幕末最大の謎を解く

相川司　40985-6

幕末最大のミステリというべき龍馬殺害事件に焦点を絞り、フィクションを排して、土佐藩関係者、京都見廻組、新選組隊士の証言などを徹底検証し、さまざまな角度から事件の真相に迫る歴史推理ドキュメント。

大坂の陣　豊臣氏を滅ぼしたのは誰か

相川司　41050-0

関ヶ原の戦いから十五年後、大坂の陣での真田幸村らの活躍も虚しく、大坂城で豊臣秀頼・淀殿母子は自害を遂げる。豊臣氏を滅ぼしたのは誰か？戦国の総決算「豊臣 VS 徳川決戦」の真実！

決定版 日本剣客事典

杉田幸三 40931-3

戦国時代から幕末・明治にいたる日本の代表的な剣客二百十九人の剣の流儀・事跡を徹底解説。あなたが知りたいまずたいていの剣士は載っています。時代・歴史小説を読むのに必携のガイドブックでもあります。

貧民に墜ちた武士 乞胸という辻芸人

塩見鮮一郎 41239-9

徳川時代初期、戦国時代が終わって多くの武士が失職、辻芸人になった彼らは独自な被差別階級に墜ちた。その知られざる経緯と実態を初めて考察した画期的な書。

吉原という異界

塩見鮮一郎 41410-2

不夜城「吉原」遊廓の成立・変遷・実態をつぶさに研究した、画期的な書。非人頭の屋敷の横、江戸の片隅に囲われたアジールの歴史と民俗。徳川幕府の裏面史。著者の代表傑作。

酒が語る日本史

和歌森太郎 41199-6

歴史の裏に「酒」あり。古代より学者や芸術家、知識人に意外と呑ん兵衛が多く、昔から酒をめぐる珍談奇談が絶えない。日本史の碩学による、「酒」と「呑ん兵衛」が主役の異色の社会史。

江戸食べもの誌

興津要 41131-6

川柳、滑稽・艶笑文学、落語にあらわれた江戸人が愛してやまなかった代表的な食べものに関するうんちく話。四季折々の味覚にこめた江戸人の思いを今に伝える。

江戸の都市伝説 怪談奇談集

志村有弘〔編〕 41015-9

あ、あのこわい話はこれだったのか、という発見に満ちた、江戸の不思議な都市伝説を収集した決定版。ハーンの題材になった「茶碗の中の顔」、各地に分布する飴買い女の幽霊、「池袋の女」など。

弾左衛門の謎

塩見鮮一郎　40922-1

江戸のエタ頭・浅草弾左衛門は、もと鎌倉稲村ヶ崎の由井家から出た。その故地を探ったり、歌舞伎の意休は弾左衛門をモデルにしていることをつきとめたり、様々な弾左衛門の謎に挑むフィールド調査の書。

賤民の場所　江戸の城と川

塩見鮮一郎　41052-4

徳川入府以前の江戸、四通する川の随所に城郭ができる。水運、馬事、監視などの面からも、そこは賤民の活躍する場所となる。浅草の渡来民から、太田道灌、弾左衛門まで。もう一つの江戸の実態。

江戸の音

田中優子　47338-3

伽羅の香と毛氈の緋色、遊女の踊りと淫なる声、そこに響き渡った三味線の音色が切り拓いたものはなんだったのか？　江戸に越境したモダニズムの源を、アジアからヨーロッパに広がる規模で探る。

江戸の枕絵師

林美一　47112-9

枕絵の始祖菱川師宣、錦絵摺枕絵の創始者鈴木春信、十六娘と同棲生活をした歌川派の総師歌川豊国——江戸文化を極彩色にいろどる浮世絵師たちのもうひとつの顔“枕絵稼業”の実相を列伝風に活写した稀覯本。

江戸の二十四時間

林美一　47301-7

ドキュメント・タッチで描く江戸の町の昼と夜！　長屋の住民、吉原通いの町人、岡っ引、旗本、老中、将軍——江戸城を中心に大江戸八百八町に生きた人びとの、時々刻々の息遣いまでが聞こえる社会史の傑作。

江戸の性愛学

福田和彦　47135-8

性愛の知識普及にかけては、日本は先進国。とりわけ江戸時代には、この種の書籍の出版が盛んに行われ、もてはやされた。『女大学』のパロディ版を始め、初夜の心得、性の生理学を教える数々の性愛書を紹介。